KB036505

어둠의 정면

어둠의 정면

제1판 1쇄 2021년 12월 7일

지은이   윤지이
펴낸이   이경재

펴낸곳   도서출판 델피노
등록   2016년 8월 11일 제2020-000082호
주소   서울시 양천구 신정중앙로 86, 덕산빌딩 6층
전화   0505-937-5494
팩스   0505-947-5494
이메일   delpinobooks@naver.com
ISBN   979-11-91459-13-5 (03810)

어둠의 정면

윤지이 장편소설

델피노

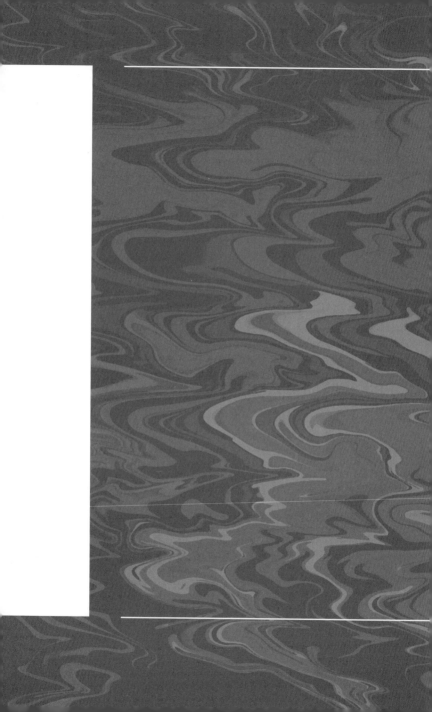

Contents
목차

어둠의 정면

둘 008

소년 025

어둠, 그 앞에서 048

부자연스러움 065

가을색 079

특별한 끈 103

시나리오 130

마징가제트와 메칸더브이 141

도둑 166

그저 웃음일 뿐 189

그리고 햇빛 201

어둠의 정면

둘

불충분한 마취로 깨어난 환자처럼 눈을 떴다.

어둠 속이었다. 정적이 한시에 주위로 몰려들었다. 동공이 크게 열린 눈에는 아무것도 들어오지 않았다. 사위는 어두웠고 침대는 지나치게 푹신했다.

쿵? 탕? 펑? 퍽?

이 중 무엇에 가까운 소리였을까? 둔탁하면서 고통스러운 울림. 난생처음 들어본 소리였다. 아니, 익숙한 소리기도 했다. 총소리 같기도 했고, 먼 곳에서 무언가 폭발한 소리 같기도 했다. 하지만 그 모든 가능성을 열어 놓아도 나는 이미 확신하고 있었다.

투신.

누군가의 투신이다. 분명하다. 잘 모르기에 알 수 있는 것도 있는 법이다. 심장이 두방망이질 쳤다. 머리가 끔찍할 정도로 맑아지고 있었다.

나는 놀란 가슴을 채 수습하지 못하고 도로 침대에 몸을 뉘었다. 방은 아직 캄캄한 어둠에 갇혀 있다. 어둠 속에서 시계가 2시 반을 가리키는 게 보였다. 나는 고개를 돌려 방에서 가장 어두운 곳을 쳐다봤다. 어둠이 고여 있는 곳. 나는 그 어둠을 집요히 바라본다. 어둠 역시 나를 바라봤다. 그건 넘실넘실 춤을 추며 나에게 손짓하는 상냥한 어둠이다.

나는 옆으로 손을 뻗었다. 빈자리. 당연하다. 아내는 밤이면 가게를 연다. 그리고 내가 출근하는 아침에서야 집으로 돌아온다. 불규칙적이던 가게의 영업시간이 이제는 아예 야간으로 바뀐 것이다. 하지만 아내가 파는 건 술도, 옷음도 아니다. 아내의 가게는 그저 카페였다. 야간의 카페.

나는 못내 아쉬운 손길로 빈자리를 쓰다듬었다. 아내와 내가 함께 잠들던 날이 한없이 멀게 느껴졌다. 방 안엔 나의 숨소리뿐, 아무 소리도 들리지 않는다.

아침 9시 30분.

밤새 나를 옥죈 동요를 말끔히 지운 얼굴로 나는 진료실에 앉아 있다. 늘 창으로 적당한 햇살이 쏟아지는 진료실은 나에게 더 할 수 없이 쾌적한 공간이다. 여기라면 나는 언제고 침착하고 온화한 얼굴을 할 수 있을 것이다. 그건 내가 걸친 하얀 가운이 부리는 하나의 마법이기도 하다.

하지만 9시 40분.

전에 없이 불쾌한 예감이 신경을 들쑤시기 시작한다. 첫 예약 환자가 십 분째 늦고 있다.

나는 컴퓨터 화면에서 이호승 환자의 상담 기록을 훑어본다.

강박증과 불면증을 동반한 가벼운 조울증.

나는 내내 초조하게 벽시계를 바라본다. 결국 시계가 9시 45분을 가리켰을 때 수화기를 들었다.

"오늘 9시 30분, 이호승 환자 맞나요?"

"어디 보자⋯⋯."

나는 힘겹게 침을 삼켰다.

"맞아요. 이호승 환자."

송 간호사의 거침없는 대답에 나는 슬쩍 주눅이 들어 버렸다. 수화기를 내려놓다 탁상시계에 비친 나와 눈이 마주친다. 어느새 안색은 어두워져 있다.

나의 머릿속은 이제 하나의 이미지로 가득 찼다. 새카만 허공을 가르는, 어딘가 날개가 달렸을 법한 하나의 덩어리. 그 끝을 장식하는 울림. 쿵, 탕, 펑, 퍽. 그건 내가 알고 있는 그 어떤 음절에도 해당치 않는 소리다.

나는 마지막으로 본 이호승 환자의 얼굴을 떠올려 보려 노력했다. 2주 전 나의 진료실을 나서던 그의 얼굴은 정확히 얼마큼 어두웠던가. 그 얼굴에서 나는 여느 때와 다른 절실함을 보았던가. 모르겠다. 생각하면 할수록 허공에 내리꽂히는 희뿌연 덩어리만 떠올랐다.

다시 수화기를 들려던 참이었다. 조심스레 문을 두드리는 소리가 들렸다. 나는 다시 마른 침을 삼켰지만 이내 모습을 드러낸 건 이호승 환자가 아니었다. 여수진 환자는 구부정히 인사를 하곤 흔들리는 걸음으로 다가와 내 앞에 앉았다. 유령 같은 얼굴이었다.

나는 최대한 온화하게 들리도록 조심스레 물었다.

"좀 어떠세요?"

"……좀 나아진 것도 같고……요."

여수진 환자는 무표정했다. 나는 작게 웃어 보였다.

"이제 밖에는 좀 나가시고 그러나요?"

일 년 전 어린 아들을 잃은 그녀는 나를 찾을 때를 제외하곤 거의 두문불출이다.

"사실 며칠 전에…… 남편과 산책하러 나갔어요."

"산책이라, 잘됐군요."

"그러다 갑자기 숨이 가빠져서……."

그때가 떠오르는지 그녀는 말을 잊지 못하고 눈을 감

아버렸다.

"어떤 생각이 들었나요?"

나는 여수진 환자가 숨을 고를 때까지 기다렸다. 그녀는 천천히 눈을 떴다.

"견딜 수 없다는 생각이요."

"음……."

"그냥…… 그냥 너무 보고 싶어요. 우리 상훈이가요."

순간 누군가 짓밟은 양 여수진 환자의 얼굴이 뭉개져 보였다. 그녀는 울었다. 그 모습은 마치 어떤 물건의 깨져버린 한 조각 같았다. 한때는 분명 완성품의 일부였을 그 조각은 영원히 원래의 상태로 돌아가지 못할지 모른다. 어쩌면 완전히 쓸모없는 것이 되어버릴지도 모른다.

그녀에게 내가 해줄 수 있는 건 별로 없다. 굳이 찾자면 그녀가 느끼는 절망의 증인이 되어 주는 정도. 하지만 그로써 조금이라도 그녀가 가벼워진다면, 그것으로 의미는 충분했다.

나는 여수진 환자가 울음을 그치길 기다렸다. 그리곤

그녀의 손을 꼭 쥐듯, 괜찮아질 거란 말을 건넨 뒤 증량된 항우울제를 처방해주었다.

들어올 때와 마찬가지로 그녀는 흔들리는 걸음으로 진료실을 나갔다.

그녀가 나가자마자 나도 곧바로 진료실을 나왔다. 나는 여수진 환자를 지나쳐 그대로 병원 문을 나섰다. 대기실엔 다음 환자가 있었고 송 간호사의 시선이 나를 쫓았지만 다른 도리가 없었다.

나는 3층에서 8층까지 한달음에 뛰어올랐다. 그리고 육중한 옥상 문을 열어젖혔다. 정신을 차려야 했다. 하룻밤의 악몽이 내 일상을 뒤흔들게 놔둘 순 없었다. 아마 나는 착각하고 있는 것이다. 정말 무슨 일이 일어난 것도 아니고, 확실한 거라곤 아무것도 없었다.

나는 옥상 끝으로 힘없이 걸어가 마치 거꾸로 인사를 하듯 하늘을 올려다봤다. 핏기없는, 피로한 해가 나를 내려다보고 있었다. 나는 사지를 쭉 뻗고 숨을 들이셨다 내

쉬기를 반복했다. 시야가 조금 선명해진 것도 같았다. 대신 한동안 잊었던 오른쪽 어금니에 통증이 느껴졌다. 사소하게 시작된 통증은 언젠가부터 심해지고 있었다.

나는 손으로 턱을 쥔 채 잠시 사람들이 오가는 거리를 내다보았다. 그러다 우연히 저 멀리, 한 소년과 눈이 마주쳤다. 꽤 먼 거리였지만 소년은 분명 나를 보고 있었다. 야구복을 입고 있는 게 막 연습이나 시합을 마치고 오는 길인 것 같았다.

소년은 한참 동안 나를 바라봤다. 이상했다. 소년은 내가 멘토정신과 원장이란 걸 알고 쳐다보는 것인가. 그게 아니면 어디선가 나를 본 적이 있는지도 모른다. 나는 잠시 망설이다 결국엔 아무렇지 않게 뒤돌아섰다. 하지만 뭔가 주저하듯, 말을 거는 소년의 눈은 뇌리에서 지워지지 않았다.

나는 내내 신경이 곤두선 채 나머지 하루를 보냈다.

제시간에 나타나지 않는 환자가 생기면 안절부절 일어

났다 앉았다를 반복했고, 송 간호사가 날카로워질 때까지 예약 스케줄을 확인했다. 하지만 환자들 앞에선 다시 네모 반듯한 표정으로 질문을 던지고, 얘기를 듣고, 처방을 내주었다. 이후 몇 번쯤 더 옥상을 오르내렸지만, 진료실 안에선 도로 냉정하고 상냥한 의사가 되었다.

저녁 6시.

다행히 별 실수 없이 모든 진료를 마쳤다. 대신 이제 나는 본격적인 위태로움을 느꼈다. 적어도 진료실 안에서 나는 의사고 의사로서 할 일이 있지만, 진료실 밖의 나는 아무것도 아니었다. 이 시간이면 한 번씩 찾아오는 심란함에 오늘 나는 유독 어찌할 바를 몰랐다.

물론 집에는 나를 기다리는 아내가 있다. 어째 오늘은 그 사실이 기적 같이 여겨졌다.

*

집 안에 들어서는 나를 가장 먼저 반기는 건 물감 냄새다. 나는 조심스러운 걸음으로 집안에 유일하게 불이 켜진 곳으로 향했다. 아내가 작업실로 쓰는 방. 그곳에 아내가 있었다. 나와 가장 가깝지만, 끝내 제대로 알 수 없는 존재.

아내는 긴 털로 덮인 러그 위에 웅크린 채 잠들어 있다. 아내 주위로 유화 물감과 화구가 늘어져 있고, 그 가운데 위풍당당한 이젤이 탑처럼 우뚝 세워져 있었다. 나의 눈이 잠시 캔버스 위에 멈췄다.

언제나 한결같은 화풍.

그건 소재 때문이었다. 아내는 매번 지중해를 그렸다. 그녀의 화폭엔 태양과 바다, 그리고 빛에 젖은 오래된 도시나 항구 같은 것들이 있다. 그 가운데 아내는 지중해 특유의 온화함과 영광, 나른함을 형상해 냈다.

비슷한 것임에도 아내는 매번 같은 걸 새롭게 그렸다. 그러면 같은 풍경도 아주 다르게 변하곤 했다. 특히 아내는 빛으로 그런 마법을 부리는 걸 좋아했는데 추위 때문인지 요즘 그녀는 여느 때보다 많은 빛을 사용하고 있었다.

그새 아내는 두 다리를 조금 더 안으로 당겨 안았다. 가까이 보니 더 마른 모습이다. 안쓰러운 마음에 담요를 가지러 방을 나서던 참이었다. 그 순간, 세상에서 가장 섬세한 스피커에서 흘러나온 듯한 소리가 들려왔다.

"왔어?"

낮고 조금쯤 쉰 목소리.

하지만 어딘가 아이 같은 말투다. 나는 뭔가 잘못한 얼굴로 아내를 돌아봤다. 손등으로 대충 눈을 비비며 아내는 몸을 일으켰다. 그리고 나를 지나쳐 부엌으로 향했다. 식사 준비를 하려는 모양이다.

"천천히 해. 별로 배고프지도 않아."

냉장고 문을 열던 아내가 일순 동작을 멈췄다. 아내의 얼굴이 갑자기 빨개졌다. 그녀는 한동안 가만히 그 자리에 서 있었다.

곧 탁, 소리가 나게 냉장고 문이 닫혔다. 갑자기 마음이 조급해졌다. 평상시 아내는 내가 그녀의 요리를 탐탁지 않아 한다고 생각하고 있었다.

"먼저 씻고 싶다는 얘기야. 사람이 밥은 먹어야지."

아내는 돌연 자신의 작업실로 돌아가 문을 닫았다. 그녀의 화를 풀기 위해 내가 할 수 있는 건 거의 없다. 그런데도 나는 식탁에 놓인 아내의 약병을 만지작거리며 찬찬히 머리를 굴렸다.

결국 저녁은 내가 준비했다. 냉장고를 뒤져 남은 재료로 된장찌개를 끓였는데 아내의 기분을 위해 너무 맛있게도 맛없게도 끓여지지 않게 주의를 기울였다.

준비가 끝날 때쯤 아내는 방에서 나와 나머지 준비를 도왔다. 냉장고에서 조용히 밑반찬을 꺼내고 식탁에 침착히 수저를 놓는 게 기분이 좀 풀린 것 같았다. 그렇다 해도 식탁에 앉은 뒤론 서로 가만히 수저를 움직일 뿐이었다. 어젯밤 들었던 굉음에 대해 얘기하고 싶었지만 어디서부터 말해야 할지 감을 잡을 수 없었다. 괜히 얘기를 꺼냈다 아내의 기분을 심란하게 하고 싶지는 않았다.

침묵을 깬 건 아내였다.

"택배 왔어."

아내는 거실 한쪽에 놓인 상자를 턱으로 가리켰다. 며칠 전 인터넷으로 주문한 암벽등반 장비 같았다.

"꽤 무겁던데. 새로운 취미라도 생긴 거야?"

"어, 그냥 기분 전환 삼아……."

나는 거짓말을 했다.

"그래……?"

아내는 뭔가 곰곰이 생각하는 것 같았지만 더 이상 아무것도 묻지 않았다.

식사가 끝나고 아내와 나는 잠시 거실에서 티브이를 시청했다. 신선한 공기가 들어오게 거실 창을 약간 열어놓은 채였다.

뉴스 시간이었다. 화면 속엔 하루 사이 일어난 사건 사고가 줄을 이었다. 신종 바이러스에 의한 동물들의 떼죽음이나 변두리 공장에서 일어난 대형 폭발사고 같은 걸 우리는 말없이 지켜보았다. 아내는 대충 쿠션을 다리에 끼고 바닥에 누워 있었는데 티브이 속 무엇도 그녀의 주의를 끌지 못하는 게 분명했다.

나는 리모컨을 눌러 채널을 돌려봤다. 이제 화면엔 연예인들의 시시껄렁한 장난이 난무했지만 아내의 표정엔 변함이 없었다.

기본적으로 아내는 세상의 움직임에 관심이 없었다. 대신 늘 보이지 않는 뭔가에 마음을 뺏긴 채 시간을 보냈다. 나는 거실 창에 비친 실내를 바라봤다. 티브이 외 조명이라곤 없고, 아내 곁을 얌전히 지키고 있는 한 남자가 있었다. 창에 비친 여자와 남자는 딱히 부부처럼 보이지 않았다.

야생동물 다큐멘터리로 채널을 돌렸을 때야 아내는 화면에 관심을 기울이기 시작했다. 바다거북이 모래 속에 수북이 알을 낳는 장면이었는데, 아주 잠깐이었지만 아내는 미동도 않고 화면에 시선을 고정하고 있었다. 그러다 얼마 뒤 도로 흥미를 잃고 자리에서 일어났다.

아내는 창가 쪽에 놓인 화분으로 다가갔다. 아내가 키우는 유일한 반려식물, 몬스테라다. 잎을 사방으로 쫙 펴고 있는 모습이 자신감 과잉의 상남자처럼 보인다.

아내의 몬스테라는 주인의 별다른 돌봄 없이 무럭무럭 자라,(물론 주기적으로 물을 주는 건 내 일이다.) 이제는 그 크기가 대형 식물에 가까웠다. 아내는 모처럼 애틋한 눈으로 몬스테라를 바라보다 손으로 잎사귀를 가만가만 만졌다. 그 행동 어딘가 야릇함이 있어 왠지 기분이 이상해졌다.

문득 아내는 열린 베란다로 발길을 옮겼다. 나는 아내가 무심히 창틀에 고개를 괴는 모습을 지켜봤다. 초승달이 아내를 지켜보고 있었고 바람이 아내의 머리를 흐트러뜨렸지만, 아내는 전혀 신경 쓰지 않았다. 아내는 이제 가만가만 노래를 불렀다.

속지 말아요

그 웃음 뒤엔 눈물이

그의 웃음 뒤엔 맑은 눈물이

걱정 말아요

그저 눈물일 뿐이잖아요

그저 웃음일 뿐이잖아요

옅디옅은 목소리가 밤하늘에 부드럽게 녹아들었다. 아내의 입에서 좀처럼 떠나지 않는 노래의 출처를 나는 알지 못한다. 그 어디서도 들어본 적 없다는 것, 그것이 내 마음을 불편하게 했다. 그렇다고 그 불편함의 정체를 알고 싶진 않았다. 나는 겁쟁이기 때문이다.

뉴스가 끝날 무렵 아내는 가게를 열러 나섰고 나는 홀로 집에 남았다.

그제야 슬쩍 설레는 마음으로 택배 상자를 가져다 풀었다. 가위로 테이핑 부위를 얌전히 자르고 박스를 열자 보라색과 갈색 투톤의 세이프 로프가 가장 먼저 눈에 띄었다. 10mm 두께의 로프는 길이 때문인지 부피를 꽤 차지했고, 무거웠다. 표면이 묘한 빛을 발하고 있는 게 마치 똬리를 튼 독사처럼 보이기도 했다.

나는 로프를 만졌다. 그러자 갑자기 두려워졌다. 어쩌다 내가 이런 물건을 만지고 있는지 이해가 가지 않았다.

박스 안엔 로프 외에 몸을 받칠 하네스와 벨트, 하강기가 포장되어 있었다. 나는 암벽타기 같은 위험한 스포츠에 흥미를 느끼는 사람이 아니었다. 이건 어디까지나 뉴스에 나온 대형 화재를 본 뒤 주문한 제품이었다. 하지만 완강기도 아닌 암벽장비라니. 좀 어이없긴 했지만 직접 물건을 보니 좋은 선택이란 생각이 들었다. 장비의 생김새가 꽤 믿음직스러웠다.

소년

레지던트 시절부터 지금까지, 이미 수차례 환자를 잃은 바가 있다. 하지만 경험이 쌓인다고 같은 일이 더 쉬워지는 건 아니었다. 오히려 갈수록 더 힘들어지고 있었다. 같은 일이 생길 때마다 환자 한 명 한 명의 이름이 내 안에 각인되었고 나는 조금씩 자신을 잃어갔다.

생각 끝에 나는 예약 시간에 오지 않은 환자들의 리스트를 틈틈이 작성하기 시작했다. 보통 하루에 서너 명, 때로는 더 많았다. 그렇게 시간이 흐르면서 나의 촉은 자연스레 한 환자에게 꽂히고 있었다.

김상균 환자.

지난 몇 년간 김상균 환자는 단 한 번도 예약 시간을 어긴 일이 없었다. 그런 그가 연락도 없이 모습을 보이지 않은 것이다.

망설이다 전화를 걸까 생각했지만 두려웠다. 그게 어느 쪽이든, 다행스러운 일이 아니었다. 때문에 난 그저 김상균 환자의 차트를 읽고 또 읽었다.

나이, 마흔다섯. 증상, 신경증적 우울증. 자살 충동을 느낄 때가 있지만 자해 이력은 없음. 처방, 렉사프로*와 자낙스**. 삼 년 전 이혼. 전 부인과 사는 중학생 딸이 있고……

● SSRI계열의 항우울제
●● 안정제의 일종

나는 내용을 반복해 읽었지만, 그 안에 급작스러운 불운을 암시할 만한 사항은 읽어낼 수 없었다. 장기간 치료를 받아온 것에 비해 그의 증상은 가벼운 축에 속했다.

그는 상담 중 눈물을 흘리거나 흥분한 적도 없고 위험한 수준의 불안이나 절망을 표현한 적도 없었다. 그러고 보면 그는 자신보다 딸에 대한 얘기를 더 많이 했던 것 같다. 점점 자신을 닮아가는 딸을 보는 게 행복하고 걱정스럽다고 했다.

아무리 읽어도 그 외에 별다른 얘기나 낌새는 없었다. 그런데도 나는 본능적으로 내가 들었던 굉음과 김상균 환자를 연결 짓고 있었다. 물론 거기엔 그 어떤 논리도 없었다.

*

"나 다시 하면 어떨까, 공부."

일요일 오후, 아내는 차에 몸을 실으며 말했다.

나는 고개를 돌려 아내의 옆모습을 봤다. 아내는 들떠 있었다.

"요즘 그런 생각이 자주 들어. 이제는 잘 해낼 거 같은 생각."

뭐라 해야 할지 몰랐다. 반대할 이유가 떠오르지 않았다. 본과부터 레지던트 시절까지, 아내는 우수했다. 하지만 이제 와 다시 공부라니. 할 말이 없었다. 일단 나는 물었다.

"그럼 가게는? 그림은? 지금 하는 일, 마음에 안 드는 거야?"

아내의 미간이 점차 좁아졌다.

"지금 하는 일, 마음에 들어."

아내는 앞을 똑바로 보고 말했다. 이내 그녀는 신경질 적인 웃음을 흘렸다.

"왜? 내가 일을 제대로 못할까 봐 그러는 거야?"

"그런 말이 아니잖아."

나도 모르게 목소리가 커졌다. 아내의 얼굴이 붉게 타

올랐다. 나는 재빨리 톤을 누그러뜨리고 말했다.

"당신이 하고 싶으면 난 무조건 찬성이야. 먼저 다양한 각도에서 생각하자는 것뿐이지."

우리는 잠시 말없이 서로의 눈치를 살폈다. 어쨌든 오랜만이었다. 뭔가 대화다운 대화를 한 것. 하지만 이것도 잠깐의 일이었다. 아내는 아무 일도 없었던 양 도로 창밖을 바라봤다. 그리고 다시 침묵이었다. 나는 말없이 차에 시동을 걸었다.

10월. 날이 추워지고 있는 만큼 풀 안엔 사람이 별로 없었다. 지난주부터 아내는 기초반 수영강습을 받기 시작했고 나는 그사이 유리 너머로 아내를 지켜보기로 했다.

지난주 아내는 한 번씩 내 쪽을 보고 손을 흔들었지만 오늘은 아니었다. 아내는 새로 배우는 동작에 집중하고 있었다. 아직 화가 난 건지 모르지만 적어도 물속에선 최대한 강사의 지도를 따라가려 노력하는 것처럼 보였다.

어쨌든 나는 내내 아내에게서 시선을 거두지 않았다. 아내는 가벼운 공수병恐水病으로 내가 보지 않으면 가급적 풀에 들어가길 싫어했다. 대부분의 공수병 환자는 물과 관련한 사고를 겪은 적이 있지만 아내의 경우는 좀 달랐다. 아내는 그저 물의 성질을 무서워했다. 다행히 그 정도는 심각한 수준이 아니었고 때론 풀장에서 더 씩씩하고 즐거워 보일 때도 있었다. 아내의 목표는 그리스 유명 해변에서 서핑을 즐기는 것인데 지금 이대로라면 그건 그리 힘든 일이 아닐 것이다.

오늘 아내는 처음으로 킥보드를 잡고 자유형 연습을 했다. 건장한 체격의 여강사는 구령을 외치며 부지런히 수강생들의 동작을 고쳐주었다. 나는 아내가 착한 학생처럼 구령에 맞춰 숨을 내쉬고 팔을 젓는 모습을 내내 지켜봤다.

강습이 끝난 뒤 아내는 채 마르지 않은 머리로 탈의실을 나왔다.(성격이 급한 아내는 자신을 돌보는 데 능숙한 편이 아니다.) 그녀의 바람 때문에 우리는 함께 건물 지하에 있는 아이스크림 가게로 갔다. 우리는 각각 요구르트 아이스크림과 초콜릿 아이스크림을 시켰는데 사실 두 가지 모두 아내가 좋아하는 맛을 고른 것이다. 추위와 아내의 젖은 머리가 걱정됐지만 아내의 마음을 풀기에 이보다 좋은 방법은 없었다.

집에 돌아왔을 땐 저녁이었다. 어중간한 시간임에도 우리는 피곤했기에 아내가 먼저 침대로 몸을 숨기자 나는 티브이를 켜곤 소파에 길게 누웠다.

*

눈을 떴을 땐 추웠고, 어두웠다.

티브이에는 해묵은 드라마가 방영되고 있었지만 아내가 없는 집 안은 무덤처럼 고요하게 느껴졌다. 벽시계가 열한 시 언저리를 가리켰다. 작게 한숨을 쉬고 침실로 향하던 난 돌연 운동화를 접어 신고 현관을 나섰다. 괜히 쫓기는 사람처럼 마음이 초조했다. 엘리베이터가 내려가는 사이 나도 모르게 잘근잘근 입술을 깨물었다. 정확히 무엇이 두려운지 모른 채 나는 떨고 있었다.

결국 일층에 도착했을 때, 나는 발을 디디다 크게 한 번 휘청거렸다.

아내의 가게까지는 도보 십오 분.

나바지오[*].

나는 가게 앞에 도착해서야 이유 없는 안심을 느꼈다. 주변은 컴컴했지만 아내의 가게는 황금처럼 빛나고 있었다. 이 시간, 이 근방에 이렇게 밝은 빛을 내는 건 아내의 가게뿐이었다. 나는 유리 너머 아내를 바라봤다. 아내는 가장 안쪽에 놓인 의자에 기댄 채 식물처럼 졸고 있었다. 그녀 앞엔 그녀가 몇 년째 공부하고 있는 그리스어 교본이 비스듬히 세워져 있다.

나는 가게 안을 가만히 들여다보았다. 한 달 사이 어딘지 변한 것도 같다. 하지만 벽에 걸린 캔버스의 개수는 그대로였다. 조명의 조도나, 테이블의 개수도 마찬가지였다.

---

[*] 그리스 이오니아 제도 자킨토스 섬 해안에 있는 해변 이름.

보통 그렇듯 손님의 일부는 책을 읽거나 멍한 표정으로 핸드폰을 들여다보고 있었다. 엎드려 잠든 이도 보였다.

음료와 간식을 파는 건 세 대의 자판기.

한마디로 사장이 하는 일이라곤 거의 없는 가게다. 무인으로 운영해도 되지만 아내는 운영 시간 내내 가게를 지켰다. 아내가 무신경한 만큼 신경 쓸 일이 없는 건 손님도 마찬가지였다. 그래선지 어째선지, 한밤의 카페는 제법 성황을 이루었다.

나는 지금쯤 내부에 흐르고 있을 음악을 상상했다. 아마 느린 템포에 맞춘, 속삭이는 보컬의 목소리가 흐르고 있을 것이다. 적당히 익숙하고, 낯선 소리. 그러니까 불안이나 불면을 잊은 곳. 이를테면 엄마의 뱃속 같은 곳을 나는 보고 있다고 생각했다.

이제는 잘 해낼지 모르잖아.

아내가 했던 말을 생각했다. 아이처럼 제멋대로인 데가 있지만, 그녀가 정신과 의사로서 훌륭했다는 걸 난 누구보다 잘 알고 있다. 하지만 아내는 끝내 이해하지 못할 것이다. 세상엔 그 무엇으로도 치유할 수 없는 마음이 있다는 걸.

아이가 있다면.

나는 생각했다. 결혼 칠 년 차. 이상한 일이지만 아직 우리 중 누구도 아이에 대해 자세한 얘기를 꺼낸 적은 없었다.

아내가 아이를 두려워하고 있다는 걸 안다. 나도 마찬가지기 때문이다. 우리를 반반씩 닮은 존재. 우리가 반길 환희에 앞서 그 존재에게 얹어줄 삶의 무게를 생각하면 심장이 굳어버릴 것 같았다.

아니다.

그런 것이 아니다. 우리는 아이를 생각하기 전에 우리 자신을 먼저 생각한다. 아이와 함께 우리는 '무기징역'을 떠올린다. 최소한 지금은 내 맘대로 할 수 있는 목숨이 아이로 하여금 내 것이 아니게 될 것이기 때문이다. 우리는 우리 생각보다 훨씬 더 이기적이고 겁쟁이였다. 우리에게 두려운 건 죽음이 아닌 삶이었다.

그래도 아이가 있다면. 그렇다면 많은 것이 달라질 것이다. 어쩌면 아이는 아내를 구원할지 모른다. 믿지 못할 기적이 되어, 내가 아내에게 줄 수 없는 그 어떤 것을 가져다줄지 모른다.

나는 아이를 안은 아내를 상상하며 천천히 가게로부터 뒷걸음치기 시작했다.

그날 밤, 나는 끝내 오지 않는 잠을 새벽까지 기다렸다. 한 번씩 어디선가 소음이 들려오면 몸을 일으켰다 다시 누웠다. 그럴 때면 희미하게 김상균 환자의 얼굴이 눈앞에 나타났다 사라졌다.

김상균 환자의 부재가 가져온 여파는 생각보다 컸다.

다음 날도, 그 다음 날도 같은 날의 연속이었다. 나는 진료 중 다리를 떨며 자꾸 시계를 쳐다봤다. 환자의 이야기는 자주 흘려들었고 같은 질문을 반복하기도 했다. 그러면서 점차 치통이 심해졌다. 나는 인터넷을 검색해 치아와 잇몸에 좋다는 약을 종류별로 구입하기 시작했다. 치과에 가는 일만은 어떻게든 피하고 싶었다. 섬뜩하게 차가운 기구며 끔찍한 기계 소리. 이미 오래전, 마지막으로 치과에 갔던 날을 생각하면 과학 문명에 겁탈 당한 기분이 들었다. 상상만 해도 머리가 어지러웠다.

나는 점심시간 내내 진료실에 앉아 치아에 좋다는 영양제를 검색하고 있었다. 그러다 점심시간이 끝난 뒤에도 인터넷 창에서 눈을 떼지 못했다. 그리고 어느 순간, 나는 그대로 나자빠질 뻔했다. 환자가 들어온 걸 모르고 있었던 것이다.

나는 정신을 차리고 나를 빤히 바라보는 환자를 쳐다봤다. 놀랍게도 환자는 얼마 전 건물 아래서 나를 올려다본 소년이었다. 소년은 오늘도 야구복을 입고 있었다.

일단 나는 몇 차례 헛기침을 했다.

"어떻게 불편한가요?"

소년은 아무 말도 하지 못하고 두 눈을 이리저리 움직였다. 영리한 얼굴이지만 눈은 운동선수답지 않게 섬약해 보였다. 소년은 뭔가 말하려 몇 차례 입을 열었는데 결국은 작게 한숨을 쉬곤 도로 입을 닫았다.

나는 자세히 소년을 살폈다. 조금 전까지 뙤약볕에서 연습한 것처럼 소년의 유니폼은 누런 먼지로 뒤덮여 있었다. 입 주위엔 아직 앳된 솜털이 나 있지만 운동선수답게 그은 피부다.

소년이 입을 열지 못하자 나는 좀 더 쉬운 질문을 꺼냈다.

"몇 살이죠?"

소년의 눈이 잠시 나와 마주쳤다 달아났다.

"열……네 살이요."

소년은 마치 추측이라도 하듯 말했다. 무엇이 소년을 홀로 나의 진료실로 오게 했는지 궁금했다. 이제껏 멘토 정신과를 혼자 찾은 중학생은 없었다. 나는 쉽게 다음 질문을 하지 못했다. 적어도 소년을 불편하게 만들긴 싫었다.

"저는 야구를 해요."

문득 소년이 말했다.

"아, 야구! 그렇군요."

바보 같게도 나는 예상치 못한 얘기를 들은 것처럼 반응했다. 나도 한때 야구를 좋아했다는 말을 하려다 그만두었다. 다시 소년이 뭔가 말하려는 눈치였기 때문이다.

"공을, 공을 쳐 내야 하는데요."

대화는 갑자기 비약하고 있었다. 나는 급하게 필드 위에 서 있는 소년을 상상했다.

"그런데 공이 보이지 않아요."

나는 소년의 말을 머릿속으로 더듬었다.

"공이 언제 안 보인다는 거죠?"

"상대편 투수가…… 투수가 공을 던지는 순간, 그때부터 공이 사라져요."

공이 사라진다. 이제 겨우 중학생인 아이들이 공포의 속구를 던진다는 건 상상하기 어려웠다.

"특정 선수가 던질 때 그렇다는 건가요?"

소년은 마치 천정에 공이 달린 것처럼 위를 응시하다 맥없이 고개를 숙였다.

"아뇨, 매번 그래요."

어쨌든 나는 소년의 얘길 이해하려 애썼다.

"언제부터 그랬죠?"

"늘 그랬던 것도 같고…… 잘 모르겠어요."

나는 천천히 속으로 고개를 끄덕이기 시작했다. 공을 무서워하는 야구선수. 그건 카메라 공포증에 걸린 배우나 학생들만 보면 몸서리치는 학교 선생님과 같은 케이스였다.

나는 적당한 말을 고르려 내 손끝을 보며 뜸을 들였다. 환자가 어린 만큼, 조심스러울 필요가 있었다. 그러나 다시 고개를 들었을 때, 나는 내 눈을 의심했다.

빈자리.

나는 아무도 없는 텅 빈 진료실에 혼자 앉아 있었다.

두 눈이 흔들리고 온몸이 부들부들 떨렸다. 제일 먼저 솟구친 감정은 두려움이었다. 그리곤 절망감. 나는 손으로 머리를 움켜쥐었다.

얼마간의 시간이 흐른 뒤 나는 떨리는 손으로 수화기

를 들었다.

"오늘 진료, 그만 마감합시다."

"네?"

"뒤처리 좀 부탁해요."

더 이상 말을 이을 수 없었다. 머리가 깨질 듯 아파왔다.

다급히 병원을 나선 나는 걷기 시작했다. 주차장에 차가 있었지만 핸들을 잡을 자신이 없었다. 나는 휘청이는 다리를 끌고 그저 앞으로 움직였다. 거리는 차와 사람들로 붐볐다. 주변을 주시하며 걷는 사이 신경이 날카로워졌다. 나는 반쯤 넋이 나간 얼굴로 주위를 두리번거렸다.

소년이 찾아왔다!

나는 눈을 끔벅이며 속으로 외쳤다. 이해할 수 없었다. 소년이 내게 발길을 끊은 건 이미 오래전이었다.

*

처음 소년이 나를 찾은 건 한창 약을 입에 털어 넣던 무렵이었다. 본과 시절부터 약물에 손을 대기 시작한 나는 얼마 못 가 약 없이는 하루도 견디지 못하는 지경에 이르렀다. 이십 대 초반, 그 혈기왕성한 시절, 내가 주체할 수 없던 건 그 무엇도 아닌 죽음에 대한 충동이었다. 죽음의 유혹을 뿌리치는 것. 나는 그 힘겨운 투쟁을 이어나가고 있었다. 그렇다고 해서 내가 특별히 삶에 실망을 느끼고 있거나 한 건 아니었다. 죽음에 대한 나의 충동은 삶에 대한 불만이나 좌절, 슬픔 이전에 존재하는 하나의 욕구이고 본능이었다. 그건 식욕이나 성욕과 다를 바가 없었다. 거기엔 옳고 그름 같은 것이 없고 어떻게든 채워지길 기다리는 욕망만이 있었다. 그리고 내 곁엔 약이 있었다. 믿을 수 없는 일이었다. 약 몇 알이면 나는 금세 온전하고 행복해졌다.

나는 빠르게 약에 의존하기 시작했다. 처음엔 한 병원에서 조금씩 처방을 받았지만 나중엔 여러 곳을 찾아다니며 다량을 처방받았다. 그렇게 약은 내 생명줄이 되었다.

삶도 죽음도 아닌, 외딴곳을 배회하는 몽롱하고 야릇한 시간이 흘렀다. 고통이나 애착, 외딴 기다림이 없는, 아무 의미도 없는 시간이었다. 그 한가운데서 나는 소년을 만났다. 실습하던 병원에서였다. 당시 나는 응급실에 들어오는 환자를 각 진료과로 보내는 일을 하고 있었다.

연이어 들어온 환자들을 보내고 잠시 숨을 돌리던 참, 어느새 해쓱한 얼굴의 소년이 내 곁에 와 있었다. 소년의 꾀죄죄한 교복 바지엔 흙이 묻어 있었다.

"도와주세요. 아버지가 아파요."

소년의 눈에 눈물이 글썽였다. 처음엔 환자의 가족이라 생각했다. 축 늘어진 몸을 의자에 기대고 있던 나는 마지못해 몸을 일으켰다.

"그래, 아버지는 어디 계시니?"

슬픔을 참는 듯 소년은 입술을 깨물었다. 나는 주위를 둘러봤다.

"……아버지는 집에 계세요."

나는 크게 숨을 내쉬었다.

"그러면 저기 있는 간호사 누나한테 주소 말하고……."

"선생님이 가주시면 돼요. 선생님이 봐주시면 금방 일어날 거예요. 제가 알아요."

소년은 다급히 내 소매를 붙들었다. 그 목소리는 속삭임에 가까웠지만, 거기엔 확신에 찬 간절함이 있었다. 소년은 필사적이었다. 때문에 나는 소년에게 내가 일개 실습생이고 지금은 자리를 비울 수 없다는 사실을 말할 수 없었다. 소년은 차갑고 작은 우리에 갇힌 동물 같았다.

결국 나는 미친 짓을 저지르고 말았다. 그 자리에서 가운을 벗고 소년을 따라나선 것이다.

우리는 버스를 타고 삼십 분을 지나 어느 호젓한 주택가에서 내렸다. 버스 안에서 소년은 내내 말이 없었다. 하지만 버스에서 내릴 땐 소년 안에 들끓던 불안이 사라지고 없다는 걸 난 알았다.

소년은 별 동요 없이 묵묵히 앞을 보고 걸었다. 그러다 문득 입을 열었다.

"의사는 참 좋은 직업이네요."

소년은 작게 웃더니 고개를 돌려 내 쪽을 바라봤다. 그리고 물었다.

"의사는 어떻게 하면 되는 거죠?"

이런저런 대답이 머릿속에 맴돌았지만 소년의 눈이 너무 진지해 보여 나는 아무 말도 할 수 없었다. 어느 순간 소년이 걸음을 멈췄다.

"우리 집이에요."

소년이 가리킨 건 회색 벽돌로 지은 평범한 주택이었다. 지하까지 합쳐 여러 세대가 살고 있는 것처럼 보였는데, 오래되고 조용한 집이었다. 파란색 철제 대문은 손끝으로 밀자 쉽게 열렸다. 조금 이상한 기분이 들었다. 내가 대문을 연 게 아니라 마치 대문이 나를 끌어당긴 것 같았다. 마당에 발을 들여놓은 순간 어째 덜컥 겁이 났다. 당황하며 소년을 향해 몸을 돌리려던 순간이었다. 나는 그만 엉거주춤 그대로 엎어지고 말았다.

고개를 들어 소년을 찾았지만 그 어디에도 소년은 보

이지 않았다. 나는 땅바닥에 쓸린 손바닥을 천천히 털며 여기가 어딘지 기억해냈다. 그러니까 여긴 내가 살던 집, 톰과 나의 오랜 추억이 깃든 곳이었다.

그것이 소년과의 첫 만남이었다.

이후 소년은 잊을 만하면 나를 찾아왔다. 문제는 심각했지만 달리 방도를 찾지 못한 난 계속 약에 찌든 생활을 이어가야 했다. 그리고 그런 생활은 몇 년간 지속되었다.

*

나는 두 시간을 걸어 집에 도착했다. 오늘 아내는 잠들어 있지 않았다.

"왔어?"

거실에서 창밖을 보던 아내는 나를 향해 고개를 돌리곤 가만히 미소 지었다. 나의 갑작스러운 귀가에도 불구하고 나는 아내가 나를 기다리고 있었다는 걸 알았다. 그녀는 자리에서 일어나 부엌으로 갔다.

"오늘 저녁은 잡채야."

아내의 목소리는 다정했다. 그러니까 아내는 이미 알고 있었다. 적어도 내게 뭔가 일어났다는 걸.

E.S.P.•

아내는 레지던트 시절 한동안 E.S.P. 임상 자료를 공부했고, 실제 본인도 이런 능력의 일부를 지니고 있었다. 나는 그녀를 통해 이런 능력을 가진 사람이 생각보다 훨씬 많다는 걸 알게 되었는데 그 능력이 클수록 정서가 불안정할 확률이 높았다. 아내의 경우 특출한 건 아니지만, 가까운 사람이 특별한 일을 겪으면 멀리서도 이를 감지할 수가 있다.

아내는 냉장고에서 차근히 식재료를 꺼냈다.

나는 아내가 어디까지 알고 있는지 궁금했지만, 왠지 눈물이 날 거 같아 아무 말도 꺼내지 못했다. 배려받고 있다는 느낌이 자꾸 얼굴을 붉어지게 만들었다.

• Extrasensory Perception : 초감각적 지각 ; 텔레파시

아내는 요리를 잘하지 못하지만 잡채만은 정말 잘 만들었다. 단 아내의 잡채를 먹는 건 특별한 날뿐이었다. 덕분에 특별한 기분이 들었지만, 식탁에 앉은 뒤 우리는 여느 때와 마찬가지로 가만가만 수저를 움직이기만 했다.

물론 나는 아내가 E.S.P.를 통해 말을 걸고 있으리라 생각했다.

어둠, 그 앞에서

쿵, 혹은 탕. 그것도 아니면 펑? 퍽?

어둠 속.

이번에도 나는 커다랗게 눈을 떴다. 멀지도 가깝지도 않은 데서 들려온 소리. 내가 잘 아는 소리. 분명했다. 나는 몇 번이고 눈을 깜박였다. 희미하게 빛나는 벽시계가 3시 10분을 가리키고 있었다.

어둡고 고요한 가운데 나는 벌떡 몸을 일으켰다. 그리곤 정신없이 방을 나서 집 안 여기저기를 살펴봤다. 아내는 없다. 그 당연한 사실에 지옥 같은 불안이 나를 뒤흔들었다. 이번엔 베란다로 튀어 나갔다. 창문을 열고 아래를 샅샅이 살펴보았다. 무엇을 찾으려는 건지 나도 몰랐다.

나는 도로 텅 빈 침대에 몸을 뉘었다. 저번에 구매한 암벽장비가 눈에 어른거렸다. 어째선지 벽장 깊숙이 넣어둔 로프가 하나의 생명처럼 숨 쉬고 있는 기분이 들었다.

결국 나는 다시 일어나 벽장에서 로프를 찾아 꺼냈다. 로프를 든 손이 부들부들 떨리고 눈가에 경련이 일었다. 나는 힘을 주어 양쪽으로 로프를 힘껏 당겨보았다. 팽팽한 긴장이 온몸으로 퍼졌고, 주체할 수 없는 희열이 몸 전체를 통과했다.

그 어떤 격렬한 충동이 나를 잡아끌었다. 나는 옷을 갈아입고 양말을 찾아 신었다.

*

옥상으로 연결된 문은 잠겨 있지 않았다.

공기는 차가웠지만 바람 한 점 불지 않는 밤이었다. 그래서 사위가 더 조용하게 느껴졌다.

건물 가장자리에 다가서자 가슴 높이의 벽이 나를 가로막았다. 32층. 나는 고개를 빼고 아래를 바라봤다. 불빛 하나 없는 밋밋한 벽이다. 그 아래로 오금이 저릴 정도로 시커먼 어둠이 고여 있었다. 왼편, 오른편에는 약간의 거리를 둔 다른 동들이 서로 모른 척 비스듬히 서 있었다.

나는 돌아서서 버섯 모양의 환풍기 팬으로 다가갔다. 그리고 거기에 로프를 둘렀다. 한 번, 두 번. 로프를 단단히 묶은 뒤 힘껏 당겨보기도 했다. 그다음, 다시 벽으로 다가와 슬리퍼를 벗고 장갑을 꺼내 꼈다. 로프를 쥔 나는 먼저 크게 숨을 들이쉬었다. 그리곤 그대로 벽을 타고 넘었다.

허허한 느낌과 함께 온몸의 근육이 일순 오그라들었다. 이제 난 정면에 벽을 보고 있었다. 깜깜했다. 하네스며 벨트 같은 건 없다. 로프와 나, 우리 둘뿐이다. 벽의 냉기가 몸속 깊숙이 스며들고 팔다리가 떨렸다. 그러나 그와 함께 엄청난 쾌감이 몸 구석구석으로 퍼져나가는 중이었다. 벽에서 손을 떼자 로프를 감싼 팬에서 애처로운 신음이 흘러나왔다. 나는 온 힘을 다해 로프를 붙들었다. 그러자 불쑥 어떤 고요가 찾아왔다. 무서웠지만, 죽을 만큼 무서웠지만 혼탁했던 머리가 멈춘 시간이었다.

어둠의 정면을 보고 있는 지금, 나의 의식은 그 어느 때보다 또렷해져 있었다. 그러니까 삶과 죽음 사이에서 나는 로프 하나만을 의지하고 있었고 그 사실이 내 안에 더할 수 없는 고도의 집중력을 솟구치게 했다. 나는 두 발을 벽에 붙이고 조금씩 아래로 내려가기 시작했다. 영화 속 슈퍼히어로가 된 기분이 들었다. 미친 듯 심장이 뛰었다. 나는 크게 숨을 들이쉬고 내뱉기를 반복했다.

어둠을 향한 나의 전진은 그렇게 이어졌다.

느리기 짝이 없지만, 나는 아래로 아래로 향했다. 그리고 어느덧 몇 층인지 알 수 없는 곳까지 와버렸다. 나는 흥분해 있었고 그 흥분 속엔 모든 걸 뛰어넘는 짜릿함이 있었다. 온몸의 감각 하나하나가 더 할 수 없이 부풀어 올랐다. 나는 이 감각에 내 모든 걸 맡겼다.

그러나 현실은 냉혹했다.

내 기분과 상관없이 현실 속 나의 몸은 빠른 속도로 지쳐가고 있었다. 아래를 보는 빈도가 점차 늘어났다. 등줄기는 흠뻑 땀에 젖었고, 양팔의 경련은 심해졌다.

한참을 내려왔다고 생각했지만 내 아래로 그 크기를 알 수 없는 허공이 버티고 있었다. 10층? 아니면 20층? 어쩌면 그 이상의 높이에 있는지도 몰랐다. 다른 건물과 비교하려 했지만 소용없었다. 동과 동 사이의 간격은 생각보다 멀었다.

어느새 흥분과 쾌감은 사라지고 순수한 공포만이 남았다. 나는 최대한 속도를 내려 했지만 그마저도 힘에 부쳐 실제론 터무니없이 느리게 움직였다.

위험을 그대로 직시했을 때 가장 먼저 떠오른 건 아내였다. 그러자 상황은 생각보다 훨씬 심각해졌다. 나에게 무슨 일이 생긴다면 홀로 남는 건 결국 아내였다.

어느덧 나는 멈춰 있었다.

나는 눈을 꼭 감았다. 어떻게든 방법을 찾아야 했다. 그 사이에도 팔과 다리에 계속 힘이 빠지고 있었고, 떨리는 눈가로 눈물이 흘러내렸다. 도로 벽을 타고 오를까 생각도 했지만 무리였다. 이젠 로프를 잡는 것만도 힘에 부쳤다. 눈물이 계속 흘렀다. 무서웠고, 슬펐다. 나는 결국 아이처럼 울기 시작했다.

"……흐흐……윽……"

어른이 되고 처음 듣는 소리였다. 결국 이 어둠 속, 허공에 매달린 난 어릴 적 그랬던 것처럼 울고 있었다. 이젠 온몸에 경련이 일었다. 몇 번이고 아래를 쳐다봤지만 어둠의 깊이는 도무지 가늠할 수 없었다.

"흐흐흐…윽……흐…으…윽……"

나는 그대로 한 지점에 붙박여 흐느꼈다. 한줄기 미풍이 가만히 내 이마를 스치고 지나갔다. 정적과 어둠만이 나의 이 비극을 지켜보고 있었다.

"사……살려…주세요……."

나는 작게 외쳤다. 그 소리는 마치 야단맞은 아이가 울먹이는 것처럼 들렸다. 굴욕감에 얼굴이 달아올랐다. 나는 힘껏 숨을 들이마셨다.

"살려주세요!"

이번엔 외마디에 가까운 소리였다.

"흐……흑……"

나는 제대로 도움도 구하지 못하고 사람들이 잠든 아파트 아래서 생을 마감할 내 운명을 생각했다. 어처구니가 없었다. 이른 아침 태양이 비춰줄 나의 사체가 눈에 선했다. 당장에라도 몸에서 힘이 다 빠져나갈 것 같았다.

주위는 마냥 고요했고, 내 낯선 흐느낌만이 귓가에 울리고 있었다.

그렇게 얼마가 지났을까. 감각이란 감각은 모두 사라지고 이미 밧줄을 놓은 건 아닌지 싶은 무렵이었다.

"에……에……"

나는 저 세상으로 나를 안내하는 사자使者의 소리라 생각했다. 다음 순간 감은 눈 사이로 희미하게 빛이 새어 들어왔다.

"에, 에, 그러니깐……."

갑자기 가래 낀 중년 남자의 목소리가 들려왔다. 그제야 나는 눈을 떴다. 하지만 너무나 갑작스러운 빛에 무엇도 눈에 들어오지 않았다.

"에, 그러니깐, 거기 위엣 분!"

나는 너무 놀란 나머지 로프를 놓칠 뻔했다.

"이유야 어찌 됐건, 암 생각 말고 그대로 있어요!"

그렁그렁한 소리는 저 아래 확성기에서 터져 나오고 있었다. 나는 고개를 꺾어 아래를 보았다. 강한 플래시 사이로 경찰차가 서 있는 게 보였다. 같은 제복을 입은 두 명의 경찰관도 보였다. 확성기는 그중 한 명이 들고 있었다. 그가 옆 경찰에게 확성기를 넘겼다.

"다 괜찮을 겁니다. 걱정하지 마세요!"

이번엔 조금 젊은 남자의 목소리였다. 천천히 긴장이 풀렸다. 잔뜩 수축된 근육이 느슨해지고 굵은 눈물이 뺨 위로 흘러내렸다. 기쁨과 안도의 눈물이었다. 멀리서 소방차가 사이렌을 울리며 달려오는 모습이 보였다.

나는 다시 삶에 포위되었다는 걸 알았다.

*

여덟 살 무렵 내가 살던 집 뒤편엔 꼭대기에 커다란 나무 한 그루가 서 있는 작은 언덕이 있었다.

언덕으로 가려면 우리 집과 옆집 사이에 뚫린 작은 틈새로 나가야 했기에 언덕에 갈 때마다 나는 내가 '비밀의 문'을 통과한다고 생각했다. 가끔 가슴 답답한 일이 생기면 언덕을 숨 가쁘게 올라 양팔로 나무를 한 번 안은 뒤 거기에 등을 대고 앉았다. 사방이 트인 그곳에선 주변의 모든 집이 꽤 잘 보였다.

저녁 무렵이면 창문을 열고 아이를 부르는 엄마들의 소리가 여기저기서 들려왔다. 엄마는 나를 부르는 일이 거의 없었으니까 나는 어릴 때부터 어른이나 느끼는 자유를 너무 일찍부터 누린 셈이었다.

어쨌든 나는 틈만 나면 그 나무에 기대앉아 주위의 집들에 대해 온갖 상상을 하길 좋아했다. 그중 하나는 내가 살 집을 고르는 일이었다. 단층이지만 마당이 넓은 집, 옥탑에 있는 집, 커다란 감나무를 키우는 집. 당시엔 이런저런 집을 살피는 게 재밌었다.

마침내 집을 결정하고 나면 가족 구성원을 정해야 했다. 외동이었던 나는 복작복작 형제가 많은 집에 태어나는 상상을 자주 했다. 보통 힘이 세지만 나를 때리지 않는 형과 말 잘 듣는 동생을 떠올렸다. (그러다 하루가 멀다고 서로 주먹다짐을 하는 옆집 형제를 보곤 역시 혼자가 낫다는 결론으로 되돌아올 때가 많았다.) 그리고 어머니. 어머니는(나의 어머니와 다르게) 요리를 잘하지만 배달 음식을 자주 시켜주는 살집이 좀 있는 여자를 생각해 냈다. 그러다 언제나 아버지를 상상하는 부분에서 난감함을 느꼈는데, 그건 나에겐 진짜 아버지가 없었기 때문이다. 결국 그 부분에서 나는 언제나 말로 표현할 수 없는 막막함을 느꼈다.

그건 나 자신이 그 어느 때보다 모호하고 불분명해지

는 순간이었다.

*

아침 7시 20분.

커튼이 없는 경찰서에서 맞이하는 아침은 눈이 부셨다. 답답할 만큼 머리숱이 많은 형사는 나를 맞은편 자리에 앉혀 두고 다른 일을 먼저 처리하고 있었다. 어느새 나타났는지 옆자리엔 소년이 창백한 얼굴로 주변을 두리번거리고 있었다. 나는 애써 모른척하며 서 내부를 천천히 둘러봤다.

밤새 일어난 사건사고로 경찰서 안은 소란하기 짝이 없었다. 술에 취해 횡설수설하는 중년 사내와 그에게 욕을 퍼붓는 젊은 여자, 자신의 비행을 부모에게 비밀로 해 달라고 애원하는 청년, 보이스피싱을 당했는지 덜덜 떨며 같은 말을 반복하는 여자가 있었다. 삶과 죽음 사이를 오가던 아까의 일이 그저 그런 사건에 지나지 않는다고 생각하니 묘한 기분이 들었다.

"민형기, 나이 37세."

형사의 말투는 투박했다. 이제 나는 울창한 숲 같은 형사의 **빽빽한** 머리를 들여다보고 있었다.

"주소는…… 서울시 성북구 삼선로 151 갈대아파트…… 음, 아까 거기군. 그래, 직업은?"

나는 재빨리 머리를 굴렸다.

"무……무직입니다."

"무직이라…… 거긴 대체 왜 올라간 거요?"

나는 다시 머리를 굴리다 평범한 게 가장 좋다는 지론을 따르기로 했다.

"살기가 힘들었습니다."

그건 사실이었다. 형사는 고개를 들고 나를 위아래로 훑어보았다.

"아니, 그래도 그렇지. 가족들 생각을 해야지."

어째선지 형사는 내가 자살을 하려 했다고 여기고 있었다.

"툭하면 너도나도 죽어버린다고 난리를 쳐서 말이야. 맨날 그거 말리느라 우리가 죽어나요. 요즘 사람들 고생을 안 해서 그렇지. 정말 힘들고 배고프면 그런 생각 자체를 하지 못하거든. 별 어처구니없는 일로 죽는다고 난리야. 어디 나처럼 동생들 뒷바라지해 보라고 해. 어디 죽을 겨를이나 있었는지 알아? 지금도 봐. 밤낮없이 일하느라 그런 생각을 할 수나 있냐고."

그는 어지간해선 그치지 않을 게 분명했다. 하지만 다른 도리라곤 없어 보였기에 나는 얌전한 학생처럼 가만히 있었다.

그러자 형사는 자식 여섯을 홀로 키운 노모 얘기를 시작했다. 흔하디흔한 얘기였다. 하지만 계속 듣고 있자니 내가 정말 잘못했다는 생각이 들었다. 그리고 내가 저지른 일이 — 정확히 뭔진 몰라도 — 더 창피해졌다.

그러니까 지금 나는 꾸중을 듣고 있는 셈인데, 어째선지 싫은 기분이 아니었다. 생각해 보면 누군가에게 꾸중을 들은 게 언제인지 기억도 나지 않았다. 나의 친모는 나의 잘못에 별 관심이 없었고 이후 나를 입양한 양부와 양모는 나를 늘 조심스레 대했다. 학교에선 별문제를 일으키지 않는 조용한 학생이었다.

이런 생각을 이어가자 어쩌면 내게 필요한 건 한번쯤 나를 야단칠 사람이었는지 모른다는 생각이 들었다. 이제 형사는 지금껏 자신이 구해낸 수많은 인명을 하나씩 열거하고 있었다. 과장된 궤변이지만 충분히 참을 수 있었다.

경찰서도, 경찰의 훈계도 나를 불편케 하진 않았다. 지금 내 마음을 불편하게 하는 건 사실 따로 있었다.

한 시선.

그건 레이저 빔 같은 한 남자의 끈질긴 시선이었다. 한구석에 가만히 앉아 있는 남자는 내 눈을 피하지 않았다. 무테안경 뒤로 날카로운 두 눈이 빛나고 있었다. 나는 곁눈으로 남자의 외관을 훑었다. 세미 정장에 노트북이 든 크로스백. 옆에는 가방이 하나 더 놓여 있었다. 그것이 카메라 가방이란 걸 깨달은 순간, 나는 뭔가 많이 잘못됐다는 걸 깨달았다. 등골이 서늘했다.

　나는 남자의 어깨가 맹금류처럼 살짝 굽어 있는 것에 주목했다. 그건 남자가 어떤 음모를 꾸미고 있다는 증거였다. 그는 먹잇감을 찾으러 경찰서를 배회하는 한 마리의 매였다. 남자는 본능적으로 내게서 어떤 낌새를 차렸고, 내 영웅적인 모험을 치욕으로 만들 준비를 하는 게 분명했다. 나는 서둘러 시선을 거뒀다.

　"아내 연락처가 이것밖에 없소?"

　형사는 수화기를 들고 있었다.

　"연락이 계속 안 되는데……."

　형사는 께름칙한 얼굴로 계속 통화를 시도했다. 물론 소용없는 일이다. 아내는 원래 핸드폰을 잘 받지 않는다. 더욱이 낯선 곳에서 걸려오는 전화라면 더욱 받지 않을 것이다.

　"아마 잘 겁니다."

　적당히 둘러댄다는 게 이번에도 잘못 짚은 것 같았다. 형사의 눈이 커다래졌다.

"아니, 밤새 남편이 사라졌는데, 이 아침에 마누라가 잠이 오나? 이거 세상이 어떻게 돌아가는 거야?"

형사의 장광설이 다시 봇물 터지듯 쏟아질 기세였다.

"그러니까 아내는, 아내는 몹시 아픕니다."

어쩌다 보니 그런 말을 뱉고 말았다. 내 입으로 말하고도 가슴이 내려앉았다. 왜 그런 핑계를 댔는지, 후회되기 시작했다. 한편 형사는 멍하니 뭔가 생각하는 것처럼 보였다. 그러다 갑자기 자신의 빽빽한 머리를 손바닥으로 거칠게 문질렀다.

"이 사람 정말 안 되겠구먼."

"네?"

형사의 얼굴이 시뻘겋게 달아올라 있었다.

"아니, 아내가 아픈데 그 높은 델 올라가? 당신 죽으면? 아내는? 아픈 아내는 어쩌라고?"

그제야 난 이 자리에서 결코 해선 안 될 말을 한 걸 깨달았다. 흥분한 형사의 늙수그레한 얼굴을 보니 무슨 일이 있어도 생명을 부지해야 하는 사람은 아내가 있는 사람이었다.

형사의 장광설은 처음부터 다시 시작되었다. 차이가 있다면 이번엔 아까보다 더 사적인 감정이 실려 있다는 것이었다. 나는 도무지 그칠 줄 모르는 형사의 훈계를 들으며 이제껏 이렇게 열정적으로 내 인생에 관여한 사람은 없었다는 걸 속으로 되새겼다.

부자연스러움

모든 훈방조치를 받고 집에 돌아왔을 땐 출근 시간이 훨씬 지나 있었다. 아내는 침대에 곤히 잠들어 있는 게 밤새 일어난 일은 상상도 못 할 얼굴이었다.

나는 다시 세상에 적응하는 기분으로 하나하나 상황을 수습하기 시작했다. 먼저 송 간호사에게 연락을 취해 오전 진료를 모두 취소했는데 그것으로 벌써 적잖은 낭패감이 들었다. 그다지 훌륭한 의사는 아니지만 지금껏 이틀씩 진료를 취소한 적은 없었다.

나는 일상 밖으로 무질서하게 튀어나온 삶의 조각을 다시 차곡차곡 집어 담을 필요를 느꼈다. 그러기 위해 일단 깨끗이 샤워를 하고 이를 꼼꼼히 닦았다. 미끄러운 욕실 바닥에서 잠시 중심을 잃었지만 이내 몸을 곧추 세웠다.

나는 수건으로 몸을 말리고 거울 속 내 얼굴을 바라봤다. 밤새 조금 야윈 것 같지만 두 눈엔 전에 없던 희미한 생기가 보였다. 극단의 긴장 속에 모처럼 솟아난 생명력 같았다. 나는 왠지 흡족한 마음이 되어 욕실을 나왔다. 마침 침대에서 희미한 신음이 들렸다. 다가가 봤지만 아내는 담요를 둘둘 말고 여전히 잠들어 있었다. 나는 아내의 반듯한 이마를 내려다보았다. 그리고 아내는 자고 있을 때 더 작아 보인다는 생각을 했다.

"……해."

잠꼬대였다. 아기의 옹알이 같기도 하고 노파의 넋두리 같기도 한 모호한 소리.

"…………."

솔직히 이게 무슨 소리인지 그건 중요치 않았다. 지난

칠 년간 그녀의 뜻 모를 말을 받아넘기는 데는 이미 익숙했다. 의미 같은 건 어찌 되든 상관이 없었다.

나는 가만히 아내의 얼굴을 들여다봤다. 밤사이 영영 잃을 수도 있던 얼굴. 숨소리 사이로 아내는 다시 몇 번쯤 뭔가를 중얼거리다 말았다. 그리곤 점점 더 깊은 잠에 빠져들었다.

알 수 없는 여자.

나는 작게 중얼거렸다. (정말이지 칠 년이란 세월이 무색하게 아내에겐 아직도 낯설고 모호한 데가 많았다.)

커튼 사이로 가늘게 새어 들어온 햇빛이 아내의 턱부위를 만지작거리고 있었다. 난 최면에 걸린 듯 천천히 그녀의 입술을 향해 다가갔다. 그러다 벽에 부딪힌 듯 멈췄다. 어째선지 더 이상 다가갈 수 없었다. 어차피 부질없는 짓이란 생각에 나는 사로잡혀 있었다.

키스라니. 그런 게 가능한지 모르겠다. 아내와의 마지막 스킨십이 언제였는지, 기억조차 나지 않았다. 적당히 분위기를 잡는 것도 이젠 어려운 일이 되어버렸고 그에 따라 자연히 관능적 욕구도 줄어들었다. 그것이 대상의 문제인지 나의 문제인진 모르겠다. 물론 어느 쪽이든 상관없는 일이다. 이제 나는 바라보는 것으로 만족할 만큼 우리의 거리에 익숙해져 버렸다. 아내는 내게 자막이 나오지 않는 영화 속 주인공 같았다. 당연히 관객은 주인공을 구할 수도, 그녀와 사랑을 나눌 수도 없다. 아내에 대한 나의 마음은 그만큼 무력한 것이 되어버렸다.

나는 그냥 잠시 곁에서 그녀의 숨소리를 듣기로 했다. 풀 향 같은 아내의 체취가 밤새 곤두선 나의 신경을 가라앉혔다. 나는 이내 아주 온순해졌다. 문득 형사에게 했던 말이 떠올랐다.

아내는 몹시 아픕니다.

그건 거짓이 아니었다. 아내는 남들보다 섬세한 만큼 약한 데가 있었다. 아내를 보면 나는 약한 것과 순수한 것이 어떻게 다른지 알 수 없었다. 아내는 순수하기에 무방비했고, 그래서 약해져 버렸다. 아내는 아직도 자신을 망가뜨린 과거로부터 회복하는 중이었다. 그리고 그건 매우 더딘 회복이었다.

나는 오후가 돼서야 진료실에 복귀했다. 밀린 진료로 대기실은 만원이었고 급성으로 상태가 나빠진 환자들이 연달아 들어오기도 했다. 정신이 쏙 빠질 것 같았지만 어쨌든 이곳이 내 자리였고 내가 할 일이었다. 이 일을 통해서야 비로소 시간이 갔고, 수많은 불안과 두려움이 잊혀졌다.

*

이후에도 소년은 주기적으로 나를 찾아왔다.

때로는 그냥 말없이 곁을 지키다 갔고, 어떤 땐 나를 어디론가 데려가려 했다. 그 와중에도 치통은 꾸준히 심해져 한밤에 눈을 뜨는 일이 계속됐다. 아내는 내내 다정했는데 그건 어딘가 미묘하고 조심스러운 다정함이었다. 아내는 가게에서 조금 일찍 돌아와 나와 아침을 먹었고 주말이면 말없이 함께 요리를 하기도 했다.

그렇게 다시 주말.

수영장으로 향하는 차 안에서 우리는 셋이었다. 아내와 소년은 내내 창밖에 펼쳐진 가을을 바라보고 있었다. 라디오에선 청취자들이 보낸 우스운 사연을 읽어주고 있었지만 우리 중 누구도 웃음을 터뜨리진 않았다. 우리는 각기 다른 생각을 하며 같은 곳으로 가고 있었다. 나는 한 번씩 이 둘을 번갈아 쳐다보며 이런 가족도 나쁘지 않겠다는 생각을 했다.

오늘 아내는 새로 산 수영복을 입었다. 허리 부분에 커다란 벨트처럼 흰 선이 그려진 청록색 수영복이었는데, 그걸 입으니 피부가 더 하얘 보이고 몸매는 더 건강해 보였다. 무엇보다 새 수영복을 입은 아내는 여느 때보다 자신감에 차 있었다.

오늘도 기초반은 구령에 맞춰 자유형 연습을 했다. 아내의 동작은 자유롭고 거리낌이 없었는데 레인의 중간부터 풀이 깊어졌기 때문에 중간에 다다를 때쯤엔 속도를 늦추고 반대로 돌아와야 했다. 그건 초급반에 국한된 특징이었다. 고급반 수강생들은 레인 전체를 이용해 접영을 연습하고 있었다.

가만히 보니, 옆 레인의 고급반 강사가 한 번씩 아내에게 눈길을 주는 게 눈에 들어왔다. 단단한 몸을 자랑하는 젊은 남자였다. 다행히 아내는 자신의 움직임에 신경 쓰느라 아무런 눈치도 채지 못하고 있었다. 그래서 나는 내가 보고 있는 장면의 무해함을 깨닫고 여느 때처럼 여유로움을 즐겼다. 특히 기초반 수강생들에게서 나오는 특별한 에너지를 흥미롭게 봤다. 기초반의 절반 정도는 중년 이상의 남녀였다. 그들 모두가 나이를 잊고 물속에서 하나의 적응기를 맞고 있는 걸 보는 건 꽤 즐거운 일이었다. 다들 어느 정도 물에 대한 두려움을 극복하며 있는 힘을 다하고 있었고 그것이 일종의 약동하는 힘이 되어 주변으로 퍼져나갔다. 신선한 장면이었다.

그 가운데 아내가 있었다.

아내는 강사의 지도에 따라 부지런히 앞으로 전진하기를 반복했는데 이번엔 아내가 한 번씩 다른 데 주의를 뺏기고 있는 게 보였다. 나는 아내가 풀 외각에 마련된 유아용 풀을 의식하고 있는 걸 알아차렸다. 유아용 풀은 가운데가 오목한 타원형 모양이었다. 그 안에서 서너 살 전후의 아기들이 엄마와 함께 강사의 이런저런 동작을 따라 하고 있었던 것이다. 아이들은 자주 웃음을 터뜨렸고 엄마들의 입가엔 내내 행복이 번지고 있었다.

나는 아내의 마음을 염려하기 시작했다. 아내의 눈에 비친 '자연스러움'과 그녀가 지닌 '부자연스러움'을 생각했다. 나는 아내가 남들처럼 '자연스럽게' 아이를 가졌을 경우 지금 우리가 누리고 있을 생활을 생각했다. 아마 아내는 지금보단 살이 찐 체격에, 그림 대신 이유식을 준비하는 데 많은 시간을 할애하고 있을 것이다. 어쩌면 매일 밤 나에게 육아의 고통을 호소하느라 내 심기를 불편하게 할지도 모른다. 반면 나는 이런저런 핑계를 대며 점점 귀가를 늦추는 뻔한 가장이 되어 있을지 모르겠다. 하지만 잠든 아이의 얼굴을 바라보면 뭔가 분에 넘치는 선물을 받았다고 생각할 것이다.

그러나 우리가 내린 결정은 자연스럽지 못했고, 그 결과 우리는 여러 면에서 어딘가 부자연스러운 일상을 누리고 있었다.

그새 나의 얼굴은 어두워져 있었다. 내 눈치를 살피던 소년이 몇 번쯤 내게 무슨 말을 하려다 그만두었다. 나는 한 번씩 그에게 다정한 말을 건네고 싶기도 했지만 아무리 시간이 흘러도 그렇게까지 소년이 편한 존재가 될 것 같지는 않았다.

강습이 끝나자 아내는 이번에도 대충 말린 머리에 운동화를 접어 신고 탈의실을 나왔다. 얼굴엔 들뜬 십 대 같은 표정을 하고 있다.

"안 추워?"

"춥긴, 열이 펄펄 나는데."

아내는 무심히 내 옆에 앉으며 말했다. 왠지 웃음이 났다. 잠깐이지만 그녀를 염려한 내가 바보처럼 느껴졌다.

사실 아내는 생각보다 훨씬 단순한 사람인지도 모르겠다.

"수영복 이쁘던데. 잘 어울려."

아내는 머쓱하게 웃어 보였다. 부끄러움이 섞인, 소년 같은 웃음이다.

"같이 가고 싶은 데가 있어."

"어디?"

아내는 정말 궁금하다는 얼굴을 했다.

"당신이 좋아할 만한 데."

나는 끝내 말을 아꼈다. 그리고 아내를 차에 태우고 시내의 작은 상가 앞에서 내렸다.

"정말?"

아내는 믿기지 않는다는 투다.

"예전부터 같이 와 보고 싶었거든."

나를 지나쳐, 그녀는 쇼윈도 앞으로 천천히 다가갔다. 유리 뒤엔 소품 같은 애견들이 서로 몸을 부대끼며 놀고 있었다. 대부분 주먹만 한 강아지들이었다. 아내는 넋 나간 얼굴로 유리 안을 바라봤다.

"들어가 봐."

아내는 망설였다.

"들어가서 한번 안아 봐."

"아냐, 그냥 여기서 볼래."

그녀는 이미 행복감에 젖어 있었는데 그건 뭔가 당혹스런 행복감 같았다. 마치 자신이 이런 기분을 느낄 수 있는 걸 몰랐던 것처럼. 그사이 숍에서 앞치마를 한 여직원이 나왔다.

"너무 귀엽죠? 들어와서 안아보셔도 돼요."

직원은 강아지처럼 귀여운 소리로 말했다. 아내는 머뭇거렸다.

"아니에요, 저희는 그냥 지나다……."

"우리 한 마리 키울까?"

일순 아내의 얼굴이 굳고 말았다.

"어떻게?"

아내는 정말 모르겠다는 듯 나를 봤다.

"어떻게, 라니, 그냥 데려다 키우는 거지. 데려가 밥도

주고, 산책도 시키고."

아내는 내 말을 전혀 이해하지 못하고 있었다.

"이런 시바견은 어떠세요? 손이 거의 안 가는 종이라 키우시기 편할 거에요. 미용도 따로 안 시켜도 되고요."

직원은 노릇노릇한 털에 강아지풀 같은 꼬리를 한 녀석을 가리켰다.

"근데 언제까지?"

아내는 아직도 뭐가 뭔지 모르고 있었다.

"무슨 말이야? 당연히 계속 키우는 거지."

아내의 얼굴이 흐려지기 시작했다.

"난 아무래도…… 안 되겠어."

아내는 한 손으로 머리를 짚었다. 그제야 나는 아내가 정말로 혼란스러워하고 있음을 알았다. 그리고 내가 경솔했음을 깨달았다. 동물이라 다를 건 없었다. 아내가 두려운 건 생명에 대한 책임이었다. 그녀는 누구보다 그것의 의미를 잘 알았다. 아내는 천천히 뒷걸음치기 시작했다.

"언제든 편하게 보러 오세요."

직원은 여전히 해맑은 소리로 말했다.

나는 아내와 함께 차로 돌아왔다. 아내는 조용했다. 왠지 아내가 울음을 터뜨릴까 봐 겁이 났지만 아내는 울지 않았다. 다만 집에 도착할 때쯤 멍한 얼굴로 오랫동안 개를 키운 적이 있다고 말했다.

이후 아내는 며칠이고 기운이 없었다. 몸살 같은 증상도 보였고 잠도 못 자는 눈치였다.

결국 삼 일째 되는 날엔 가게를 쉬어야 했다. 며칠째 식사도 제대로 못 한 아내는 야위기 시작했다. 나는 아내가 뭐라도 입에 대도록 과일 통조림을 종류별로 사다 놓고 점심마다 들러 아내의 상태를 살폈다. 어째선지 아내의 몬스테라도 잎사귀가 축축 처진 게 기운을 못 차리는 것 같았다.

내내 마음이 좋지 않았다.

어쩌면 나도 모르는 사이, 아내를 깊은 고통 속에 오랫동안 방치했던 건지도 모른다는 생각이 들었다. 사실 그

녀를 둘러싸고, 스치는 일상의 수많은 것들이 그녀를 아
프게 하고 있었던 건지도 모르겠다.

가을색

아내가 몸을 추스르자 나는 아내와의 짧은 여행을 구상하기 시작했다. 올해가 가기 전 적당한 시간을 마련할 생각이었다.

병원 일과 아내의 가게 때문에 벌써 몇 년째 제대로 된 여행을 가보지 못한 게 사실이었다. 병원 개원으로 생긴 대출금과 매달 지출되는 운영비는 늘 내 마음을 옥죄었고, 생활은 매우 팍팍해져 있었다. 그렇지만 조금만 시간을 낸다면 약간의 여유는 누릴 수 있을 것이다. 그리스까지는 어렵겠지만 동남아나 일본 정도는 다녀올 수 있을 것이다.

나의 이런 계획엔 조금쯤 내 이기적인 마음이 섞여 있다는 걸 알았다. 오랜만에 여행을 즐길 아내를 보면 그동안 묵혀온 미안한 마음이 조금쯤 누그러질 것이기 때문이다.

해변에 가면 아내는 어설픈 포즈로 헤엄치거나 예쁜 조가비를 집으며 분명 예전의 그 말간 얼굴로 웃을 것이다.

토요일, 우리는 요양원에 가기 위해 집을 나섰다.

아내는 오랜만에 화장을 하고 새로 산 원피스를 차려입었다. 매달 셋째 주 토요일이면 어김없이 치르는 이 월례 행사는 아내에게 꽤 중요한 일이다. 몇 년 전 나의 양모養母가 세상을 떠난 탓에 이제 양부養父는 우리가 챙길 수 있는 유일한 가족이 되었고 그 '가족'을 만나는 일보다 아내에게 중요한 일이란 없었다.

요양원은 교통이 불편한 근교에 있었기 때문에 나는

한 시간가량 아내를 차에 태우고 가야 했다. 만약 아내가 운전할 줄 안다면 지금보다 자주 갔을 테지만 아내는 운전을 하지 않았다. 오랫동안 지속된 약물치료가 가장 큰 이유였다. 물론 그런 이유가 아니라도 아내는 커다란 기계를 작동하는 일 같은 건 좋아하지 않았다. 어쨌든 잘된 일이었다. 덕분에 우리가 일상에서 함께하는 시간이 조금은 더 길어진 셈이다. 다행히 아내는 나와의 드라이브를 좋아한다.

시외로 향하는 길, 우리는 익숙한 플라타너스 가로수 길을 여유롭게 지난다. 이 계절에 이 길은 말로 표현할 수 없을 만큼 아름다운데, 아닌 게 아니라 차창 밖 낙엽이 하나씩 떨어지는 광경을 아내는 무슨 우주적 현상을 보듯 바라보고 있었다. 그러다 무슨 생각을 하는지 한 번씩 눈을 감고 꿈꾸는 표정을 짓는다.

가는 도중 우리는 최근 유명세를 타고 있는 한 호두과자 가게에 들렀다. 양부가 호두과자를 좋아하는 걸 아는 아내는 가게의 위치를 미리 검색해 놓은 것이다. 가게에서 나는 스물네 개짜리 포장과 아내를 위해 열두 개짜리 소형 포장을 함께 계산했다.

이내 아내는 싱글벙글한 얼굴로 그 자리에서 따뜻한 호두과자를 두 개나 입에 넣었다. 아내는 맛있는 걸 보면 곁에 누가 있는지 완전히 잊어버리곤 한다.

요양원에 도착하자 아내는 마치 친정에 도착한 사람처럼 굴었다. 공교롭게도 치매로 기억의 일부를 상실한 양부는 아내를 오래전 잃은 자신의 친딸로 여기고 있었다. 아내는 그 사실을 꽤 마음에 들어 했고 매번 양부 앞에서 딸 역할을 해내는 데 만족을 느꼈다.

요양보호사는 양부의 새로 옮긴 방으로 우리를 안내했다. 방은 테라스가 있는 이층이었다. 벗겨진 머리에 온화하게 주름진 얼굴을 한 양부는 양지바른 테라스에 앉아 저 아래 내려앉은 비둘기 떼를 구경하고 있었다. 그 한없이 평화로운 장면을 우리는 잠시 말없이 지켜보았다.

"아빠."

아내의 목소리가 날씨처럼 화창했다. 양부가 천천히 우리 쪽으로 고개를 돌렸다.

"어, 어, 지현이 왔구나."

양부의 얼굴이 반가움으로 빛났다. 양부는 어린 나이의 딸을 잃었지만 양부의 시간 속 그녀는 꾸준히 성장해 이제 완전한 성인이 되었다.

"아빠, 여기. 이거 맛있어."

아내는 양부에게 상자를 건네려다 뚜껑을 열고 호두과자 하나를 양부의 손바닥에 올려놓았다. 양부는 천천히 호두과자를 까서 입안에 넣으며 내 쪽을 바라봤다.

"근데 이 양반은? 남자친구야?"

매번 듣는 질문이었다.

"응, 어때? 잘 생겼지?"

양부 앞에서 아내는 영락없는 장난꾸러기다.

"우리 애가 좀 제멋대로라, 폐가 많구먼."

"아닙니다. 제가 배우는 게 더 많습니다."

양부의 친절한 시선이 낯설게 나를 바라봤다. 비록 지금은 곧잘 잊어버려도 이십 년을 넘게 나를 지켜본 눈이다.

"아, 나도 좀 앉을까?"

아내는 풀썩 양부 오른편에 앉았다. 그리곤 양부와 마찬가지로 나를 바라봤다.

양부는 여든을 넘긴 나이고 아내는 실제 나이보다 옷차림이나 인상이 어린 데가 있었다. 그래서 두 사람의 모습은 부녀보단 마치 조부와 손녀처럼 보였다. 이 둘은 태양빛 아래 이상하게 닮아 보였다. 조금 긴 얼굴과 얇은 입술, 그리고 한 번씩 딴 곳에 마음을 두는 표정까지.

아내는 가만히 손을 들어 양부의 어깨에 붙은 낙엽을 떼어냈다.

"아빠, 요즘 새로운 취미 같은 거 없어?"

"취미? 음……."

양부는 잠시 아내의 얼굴을 바라보다 자리에서 일어나 방 안으로 들어갔다. 나는 방에서 간이 의자를 가져다 아내 옆에 앉았다. 양부는 곧 8절지 스케치북과 책 한 권을 가지고 나왔다.

"요즘 그림을 좀 그리지. 다시 책도 읽는단다."

아내는 스케치북을 받아 조심스레 넘기기 시작했다. 하얀 종이 위엔 추상적인 문양부터 비교적 사실적인 인물화까지, 다양한 그림이 그려져 있었다.

"대단한데."

아내는 동그래진 눈으로 말했다.

"사실 나도 요즘 그림을 그려."

아내의 말에 양부는 눈을 가늘게 뜨며 작게 미소 지었다.

"너는 어릴 때부터 그림을 잘 그렸지."

아내를 바라보는 양부의 눈에 수많은 기억이 흘러가는 것 같았다.

"그림……."

무슨 생각을 하는지 아내는 꿈꾸듯 되뇌었다.

"이 책을 좀 읽어볼래?"

양부는 손에 든 책을 아내에게 건넸다. 일어로 된 책이었다.

젊은 시절 일본에서 유학한 양부는 예전부터 일어 원서를 자주 읽었는데 그의 딸도 그처럼 고급 일어를 익힌 모양이었다. 반면 아내의 일본어 실력은 오래전 히라가나를 공부한 정도였다.

"유명 여류화가가 쓴 책이야. 〈백삼 세가 되니 알게 된 것들〉"

"백삼 세가 되니······."

"백삼 세가 되면 어떨 것 같니?"

아내는 고개를 들어 하늘을 바라보았다. 그러다 갑자기 힘없이 고개를 떨구었다.

"그때까지 살아 있을 거 같지 않은데······."

양부의 얼굴에 잠시 슬픈 기색이 비쳤다.

"아무래도 너한테는 너무 먼 얘기인지 모르겠다."

양부는 조금 허전한 듯 웃었다. 이렇게 대화를 나눌 때 양부는 전혀 치매를 앓는 노인처럼 보이지 않는다.

"이 책에서는 뭐라는데요?"

아내의 질문에 이제 양부는 바닥을 보고 있었다.

"한 번 읽어보렴."

아내는 미간을 좁히고 진중한 얼굴로 양손에 든 책을 바라봤다.

곧 우리 셋은 산책을 위해 자리에서 일어났다. 외출은 보호자가 있을 때만 가능하기에 양부에게는 한 달 만의 산책이었다.

우리는 양부의 걸음에 맞춰 느린 속도로 오솔길을 따라 하천이 보이는 곳까지 걸었다. 매번 같은 코스였지만 어쩐지 올 때마다 다른 느낌이었다. 매달 풀의 색깔이 달랐고 하천에 차오른 물의 높이가 달랐다. 조금 물렀던 땅이 단단해지기도 했다. 오늘은 이따금 불어오는 바람이 풀을 이쪽저쪽으로 갈라놓았다.

이제 우리 셋은 주위의 모든 걸 동시에 느끼며 느리게 움직였다. 아내가 양부와 나를 양쪽에 거닌 꼴이었는데, 양부에게 신경을 쓰느라 아내는 나보다 양부 쪽에 더 가까이 붙어 걸었다.

하천에 가까워지자 웃자란 풀들이 우리의 걸음을 늦추

기 시작했다. 우리는 한동안 하천을 따라 걷다 이내 벤치에 앉았다. 시내에서 그다지 멀지 않았지만 도시의 소리라곤 들리지 않는 곳이었다. 들리는 건 새들의 지저귀는 소리, 그리고 차분한 물소리뿐이었다.

아내와 양부는 물이 흐르는 모습을 넋을 잃고 보다 가끔 눈을 감았다 천천히 떴다. 보면 볼수록 둘은 닮아 있었다. 누가 봐도 이 둘은 가족이었다. 나는 누군가 나를 봐도 양부와 닮았다고 생각할지 궁금했다. 양부가 입을 열었다.

"물소리가, 냄새가 참 좋구나."

그는 고개를 든 채 잠시 눈을 감았다.

"한때 물을 두려워한 적이 있지. 젊고, 지금보다 어리석었을 때. 그때는 그랬다."

그 말에 아내는 고개를 돌리고 양부의 얼굴을 가만히 바라보았다. 거기서 어떤 결정적인 흔적을 찾으려는 것처럼.

우리 셋은 한참 말이 없었지만 모두 기분이 좋았다. 물에 젖은 풀의 냄새가 몸에 스며드는 게 유쾌했고, 바람에 뒤척이는 낙엽 소리도 듣기 좋았다. 한동안 바람에 눕는 풀을 지켜보기도 했다. 그리곤 자리에서 일어났다. 요양원으로 돌아가려면 낮은 언덕을 올라야 했다.

우리는 이번에도 양부의 걸음걸이에 맞춰 느리게 걸었는데 그러다 우연히 야구모자 하나가 땅에 떨어져 있는 걸 발견했다. 하얀색 줄무늬의 야구모자였다. 아내는 모자를 집어 한 손으로 탈탈 털곤 자신의 것인 양 머리에 썼다. 양부와 나는 마치 신기한 장면을 목격한 사람처럼 멍하니 그 모습을 바라보다 다시 걷기 시작했다. 그저 서로의 보폭에만 신경을 쓰며.

요양원에 도착하자 양부는 피곤한 기색을 보이며 쉬고 싶어 했다. 아내가 작별 인사로 아이에게 하듯 양부의 머리 양쪽을 쓰다듬자 양부는 가만히 아내에게 자신의 머리를 맡겼다. 아주 잠시지만 순간 둘은 하나의 물체처럼 보였다.

집으로 돌아가는 길, 차 안에서 아내는 양부에게 받은

책을 자세히 들여다보았다. 분명 읽을 수 없을 테지만 조심스레 책장을 넘기는 아내의 얼굴은 진지했다.

*

아내는 다시 공부를 시작하겠다는 얘기를 꺼내지 않았다. 대신 전시회를 준비한다고 적당한 갤러리를 보러 다녔다. 그러고 보면 아내가 마지막으로 개인전을 연 건 벌써 오 년 전이었다.

한 서점의 일부를 빌려 전시된 아내의 그림은 생각보다 반응이 좋아 전시작의 상당수가 팔렸다. 당시 아내는 수입의 전액을 한 자선단체에 기부하곤 기분이 좋아 나를 고급 프랑스 레스토랑에 데려갔다. 꽤 화려하고 아주 긴 코스 요리가 나오는 레스토랑이었다. 나는 아내가 그런 사치를 부릴 줄 아는 사람인지 그날 처음 알았다.

나는 암벽타기를 시작하기 위해 시내의 한 클라이밍 센터에 등록했다. 근육량이라던가 몸의 긴장감이 좀 필요하단 생각이 들었기 때문이지만 무엇보다 홀로 어둠 속에 매달렸던 밤의 짜릿함을 나는 아직 잊지 못하고 있었다.

내가 찾은 센터는 강습 시간을 자유롭게 정할 수 있는 곳이었는데 레벨별로 총 다섯 개의 암벽이 실내에 설치되어 있었다. 친절하고 탄탄한 체격의 코치는 나를 금세 애송이가 된 기분에 젖게 했다. 무엇보다 레벨에 따라 이용하는 장비와 암벽이 많이 달랐다. 코치가 안내한 3미터짜리 암벽엔 전용 신발과 손에 바르는 초크가 준비물의 전부였다.

첫째 날은 삼각형 모양으로 몸의 균형을 잡는 기본 동작을 익히며 여러 가지 준수사항을 들었다. 나는 둘째 날부터 알록달록한 색상의 홀드를 잡고 움직였다. 세로보다 가로로 움직이는 연습이 훨씬 많았는데 그마저도 얼마 매달리지 않아 땀이 비 오듯 쏟아졌고, 홀드를 놓고 다음 홀드를 잡으려면 몸에 경련이 일었다. 그럴 때면 맞은편 암벽에 매달린 아이들의 비웃음이 들리는 것 같았다. 고되다는 생각보다 수치심이, 수치심보단 오기가 앞서는 스포츠였다.

어쨌든 한 시간가량 벽에 매달리고 나면 몸 안에 엉겨 있던 기운이 풀어지면서 머리가 맑아졌다. 그와 함께 김상균 환자에 대한 생각도 어느 정도 잊혀졌다. 언젠가 아내도 데려오고 싶다는 생각을 했지만 어려우리란 걸 알았다. 땀나는 운동이라면 아내는 질색을 했다.

가을이 깊어지고 일조량이 줄어들면서 증상이 악화되는 환자들이 늘어났다. 심지어 늘 쾌활하던 송 간호사마저 말수가 줄고 슬쩍 침울한 표정을 지을 때가 생겼다.

속수무책으로 무기력과 슬픔에 빠져 허우적대는 환자들을 지켜보는 건 생각보다 훨씬 괴로운 일이다. 무슨 말을 하고 그 어떤 처방을 내주어도 그들을 그 끈적끈적한 기분에서 구해낼 수 없을 때, 나는 종종 형언할 수 없는 참담함을 느꼈다. 그건 마치 돋보기로 나의 가장 나약하고 못난 부분을 들여다보는 기분이었다.

나는 환자들의 그 끝없는 절망, 어이없는 괴로움의 생

김새를 아주 잘 알고 있었다. 지독히 외롭고 우울한 나의 환자들은 이 가을을 그저 예쁘게 물든 단풍의 시절로 보내는 사람들과는 태생적으로 달랐다.

이들의 눈엔 가을의 알록달록한 색깔 같은 건 사라지고 없었다. 그들은 집중력을 상실한 탓에 대화 도중 자주 상념에 빠졌고, 지나치게 무언가에 매달렸다. 타협에 서툰 탓이다. 이들이 침울한 기분과 흐리멍덩함을 마냥 즐긴다고 비난하는 사람들이 있다는 걸 잘 알고 있다. 나는 이에 뚜렷한 이의를 제기하지 않는 편에 속했다. 우울한 사람은 우울함에 익숙한 게 사실이고, 이 우울함의 중독성에서 벗어나려면 충분을 넘어선 의지의 발현이 필요하기 때문이다. 다만, 이 지독한 중독에 빠진 건 이들의 의사가 아니라는 걸 사람들이 기억했으면 한다. 우울한 사람들은 한 번쯤 누군가가 그들에게 동정의 눈길을 던져주길, 무조건적인 인내심으로 그들의 광기를 받아주길 원할 자격이 있다고 나는 말하고 싶다.

3주에 한 번 나를 찾는 이진영 환자.

나는 유일하게 그녀에 한해 향정신성 약물을 넉넉히 처방해주고 있다. 그녀는 아직 큰 인기를 누리진 못했지만, 동종 업종의 사람이라면 대부분 알고 있는 적당한 인지도의 소설가였다. 마흔한 살의 나이에도 불구하고 아직 자신의 삶에 적응하지 못하고 있는 그녀는 멘토정신과를 찾아오기 이미 오래전부터 섭식장애를 동반한 우울증을 앓아온 이력이 있었다. 몇몇 의사를 거치며 기나긴 치료를 받아 왔지만, 그 어떤 치료나 위로도 그녀의 삶에 대한 낙담을 지워주진 못했다. 그 긴 시간은 오히려 그녀에게 남아 있던 삶에 대한 희망과 기대를 천천히 저버리게 만들었다. 조금만 여건이 되었다면 이미 오래전 스스로 삶을 마치는 게 옳은 일이었다고, 그녀가 조용히 말했을 때 나는 그저 가만히 그녀의 말을 들어주었다. 그녀의 말엔 그 어떤 병적인 흔적도 없었다. 그녀는 이성적이었고, 냉철했다.

가족.

그러니까 그 충족되지 않은 여건엔 그녀의 부모와 형

제들이 있었다. 나는 그녀가 가족에게 지울 수 없는 상처를 주는 일 따위는 결코 하지 못하리란 걸 알았다. 그녀는 기본적으로 다정한 마음을 지닌 여자였고 때문에 지독한 우울감도 그녀 안의 따스함을 완전히 앗아가진 못했다.

그 외에도, 망각. 그러니까 그녀는 망각을 얘기했다. 그녀는 누구보다 사후 세계에 대한 뚜렷한 믿음을 갖고 있었는데 그녀는 죽음을 통해 우리가 망각을 경험하고, 어떤 식으로든 이전 삶의 결과로 다른 생이 이어진다고 믿었다. 그런 점에서 자신의 미래를 망치는 것 역시 그녀가 원하는 일이 아니었다.

이런 생각은 전혀 광적이거나 비현실적이지 않았다. 이진영 환자는 삶과 죽음의 문제에 있어 나보다 더 높은 분별력을 지니고 있었다. 그래서 그녀가 죽음에 대해 얘기할 때 나는 조금 다른 무게를 갖고 그녀의 얘기를 경청했다.

무엇보다 그녀는 자기 생각을 나에게 말하는 데에 있어 아주 솔직했기 때문에 그녀와 상담할 때면 나는 종종 한 편의 책을 읽는 기분을 느꼈다. 그리고 실제 책을 읽을 때처럼 그녀의 생각을 수정하거나 개선할 노력을 하지 않았다. 나는 그녀의 생각을 조용히 인정해주었다. 어쩌면 그녀의 상태에 나는 일종의 매혹을 느끼고 있는지도 모른다. 삶과 죽음, 그 사이에서 고뇌하는 사람은 많지만 명백히 죽음 쪽에 표를 던진 뒤 삶을 이어가려고 노력하는 사람은 많지 않았다.

그러니까 그것이 더 이상 선택의 문제가 아닐 때, 삶이라는 도판 위에 그녀가 보여줄 행보는 나의 호기심을 자극했다. 사실 나는 딱히 글이 아니라도 그녀의 존재에 이미 충분한 예술적 가치가 있다고 생각했다. 그래서 하나의 완성된 작품을 앞에 두고 내가 할 수 있는 건 정말이지 별로 없었다.

나는 다만 그녀가 살아내고 있는 나날의 구체적인 모양을 기록으로 남기기 위해 질문을 거듭할 뿐이었다.

오후 3시 30분.
이진영 환자는 조심스레 문을 두드린 뒤 안으로 들어

왔다. 오늘도 그녀는 그림자인 양 조용히 내 앞에 앉았다. 그녀를 마주할 때면 나는 종종 그녀의 실물이 아닌, 투영을 보고 있다는 생각이 들었다. 당장 손을 뻗어 그녀의 실체를 확인하고 싶을 정도로 그녀의 존재는 가벼워 보였다. 그건 세상으로부터, 또는 누구에게도 원하는 게 없는 사람 특유의 성질인 게 분명했다. 그녀에겐 생물이 갖는 활동성이나 감정의 변화가 잘 느껴지지 않았다.

그 모습은 차라리 죽음과 닮아 있었다. 그녀는 세상과 무관했다. 원하는 게 없기에 애를 쓰거나 그 누군가에게 잘 보일 필요가 없었고, 그 점이 그녀를 한없이 멀고 비현실적인 존재로 만들었다.

그것이 어떤 두드러짐이 되지 않는 한 그녀는 외모 같은 것에 결코 신경을 쓰지 않았는데, 간간이 새치가 섞인 단발머리는 성별과 연령에 대한 표시 외에 다른 역할을 하지 않았다. 진료 때마다 연달아 같은 옷을 입고 있는 일도 빈번했다. 아마 다른 옷을 입더라도 누구도 알아차리지 못할, 특별히 눈이 가지 않는 옷들이었다. 그녀는 아무런 관심도 받지 않기로 결심한 사람다웠다. 그럼에도 그녀에 겐 늘 독특한 향이 났는데 그건 건초나 낙엽을 태운 뒤에 나는 냄새와 비슷했다. 늦가을을 연상시키는 그 쌉싸름하고 외로운 냄새는 일 년 내내 그녀를 떠나지 않았다.

"기분은 좀 어떠세요?"

나의 첫 질문은 단출했다. 그녀는 표정 없는 얼굴로 잠시 미소를 지으려 애를 썼다.

"계절 때문인지, 조금 가라앉아 있어요."

그녀는 표정을 바꾸려는 노력을 금세 포기했다.

"하루 생활은요?"

"……잠을 좀 많이 자는데, 그래도 밤이면 글을 쓰긴 해요."

"다행이네요."

어쨌든 그녀가 계속 글을 쓰고 있는 건 좋은 일이었다. 결국 글을 쓰는 행위가 삶에서 그녀가 보여줄 수 있는 가장 이상적인 모습이었다. 아닌 게 아니라 일상에서 한 발짝 물러난 그녀야말로 우리네 삶을 제대로 그려낼 수 있다고 나는 생각했다.

오늘 나는 조금 용기를 내기로 했다.

"요즘 쓰는 글에 대해 얘기 좀 해주시겠어요?"

그녀는 말을 골랐다. 다른 화제와 달리 그녀는 자신의 글에 대해 얘기를 잘 하지 않았다. 물론 나 역시 잘 하지 않는 질문이었다. 하지만 날씨 때문인지, 오늘 우리 사이엔 조금 다른 분위기가 흐르고 있었다. 그녀가 조심스레 입을 열었다.

"사랑 얘기예요."

'사랑'이란 단어가 그녀의 목에서 아주 가볍게 울렸기에 그 소리는 '사탕'처럼 아주 단순한 의미가 있는 단어처럼 들렸다.

"사랑 얘기라, 흥미롭군요."

정말로 나는 꽤 흥미를 느끼고 있었다. 그녀가 쓰는 사랑 이야기란 어떤 것일지 궁금했다. 이진영 환자라면 그 누구보다 사랑에 대해 초연히(그리고 어쩌면 정확히) 쓸 수 있을 것이다. 잠시 양부가 아내에게 건넨 책이 떠올랐다.

"어떤 인물들이 등장하나요?"

이번에도 그녀는 뜸을 들였다. 그 모습이 마치 비밀을 내비치는 사람 같았다.

"서로 외면하고……서로에게 상처 주는 연인들이요."

"어째서 외면하고 상처 주는 거죠?"

나는 아내와 나를 생각했다. 그녀는 고독이 가득한 눈으로 나를 보았다.

"사랑하니까요."

내가 잘 모르겠다는 표정을 짓자 그녀가 덧붙였다.

"서로 똑같이요."

재밌는 말이었다. 물론 이해할 순 없었다. 하지만 그녀의 말은 늘 내 안에 유쾌하게 부딪히며 특이한 울림을 만들어냈다.

"그들은 어떻게 되나요?"

나는 마치 내 운명을 묻듯 조심스러운 마음이 되었다. 그녀는 자신의 무릎을 내려다보았다. 그 모습이 그녀를 한없이 무력하고 작은 존재로 보이게 했다.

"모르겠어요. 그들이 어떻게 될지."

그녀는 정말 모르는 것 같았다. 하지만 진심으로 자신의 인물들을 염려하고 있었다. 그녀는 이들을 세상에 소환한 것에 대해 책임을 느끼고 있었고 자신이 이 불쌍한 연인들을 제 운명으로 이끌지 못할까 두려워하고 있었다.

"그들이 행복하길 바라나요?"

그건 조금 잔인한 말이었다. 하지만 멈출 생각은 없었다. 그녀의 눈이 내 눈을 응시했고 나 역시 거울을 보듯 그녀를 바라봤다. 그녀의 얼굴에서 나는 내 절망을, 그리고 희망을 찾으려 했다.

그녀는 힘겹게 말했다.

"너무 불행하지 않았으면 좋겠어요."

그녀는 솔직했다. 그리고 슬프게도, 최선을 다하고 있었다. 불행 속에 약간의 초연함을 얻을 뿐, 그녀가 앞으로 행복해질 일은 없을 것이다. 그럼에도 그녀는 두 인물을 위해 애쓰고 있었다. 그것이 무엇이든, 그들에게 걸맞은 결말을 선사하기 위해.

"좋은 글이 나올 것 같군요."

그녀가 희미하게 웃었고 나는 더 질문을 꺼내려다 그만두었다. 그녀에게 자신을 더 사랑하고, 햇볕을 자주 쬐라는 얘기도 하지 않았다. 그런 건 의미 없는 얘기였다.

그녀는 나와 마찬가지로 그저 적당한 상대가 필요할 뿐이었다. 삶이 부서지기 쉬운 장난감 같은 것임을 이해하고 완고한 불행의 모습을 잘 아는 섬세한 눈을 가진 상대, 그런 상대가 우리에겐 꼭 필요했다. 그리고 지금 나에겐 그런 존재가 이진영 환자였다. 하지만 오늘은 여기까지. 어쨌든 그녀는 나의 환자였다. 그래서 나는 그녀에게 적당한 처방을 내주고 그녀의 기분이 나아지길 바란다는 말로 다음을 기약했다.

자리에서 일어나기 전 그녀는 다시 한 번 희미하게 웃었는데, 그 얼굴이 너무 쓸쓸해 보여 그제야 그녀가 완전히 혼자라는 데 생각이 미쳤다. 진료실을 나서는 그녀의 뒷모습은 가지가 모두 절단된 나무처럼 보였다.

특별한 끈

현관문을 열었을 때 가장 먼저 눈에 들어온 건 낯선 운동화 한 켤레였다. 나이키 로고가 큼지막이 그려진 남자 운동화.

나는 동물처럼 후각을 곤두세우고 집 안에 고인 타인의 체취를 맡았다. 낯설고 상쾌한 냄새.

나는 두방망이 치는 가슴으로 거실을 지나 아내의 작업실 쪽으로 발길을 옮겼다. 아내의 자지러지듯 웃는 소리가 들려왔다. 나는 숨을 죽였다. 열린 문틈으로 가장 먼저 보인 건 황홀한 금발, 그다음은 토끼 귀였다. 그러니까 아내는 토끼 귀의 머리띠를 하고 있었고 금빛 머리의 주인공은 좀 과하게 잘생긴 청년, 마르코였다.

아내와 마르코는 작업실을 난장판으로 만들고 있었다. 각양각색의 천 조각과 옷핀, 가위 같은 것이 바닥에 나뒹굴었다. 하지만 정말 가관인 건 아내가 입고 있는 유별난 옷이었다. 아내는 등이 오픈된 턱시도에 짧은 앞치마를 하고 있었다. 앞치마 아래로 그물 스타킹에 싸인 다리가 보였다. 그러니까 이제 아내는 버니걸이 될 모양이었다. 마르코는 아직 청바지 차림이지만 발치에 놓인 의상으로 보아 곧 경찰이 될 예정 같았다.

나는 간신히 오늘이 핼러윈임을 기억해내고 가슴을 쓸어내렸다. 아내의 옷매무새를 만지던 마르코가 인기척을 느끼고 내 쪽으로 봤다.

"헤이, 연기!"

"하이, 마르코."

'형기'라는 발음이 어려운지 마르코는 늘 나를 '연기'라고 불렀다.(그렇게 불릴 때면 나는 왠지 나 자신이 연기처럼 사라질 존재처럼 느껴졌다.)

나름 미소를 지어보려 하지만 눈부시게 아름다운 아내의 젊은 친구 앞에서 나는 어떤 얼굴을 해야 할지 갈피를 잡지 못한다. 한편 아내는 나의 등장이 뜻밖이라는 듯 그녀의 복장에 딱 어울리는 토끼 눈을 하고 나를 바라봤다. 딱히 생각이라곤 없을 것 같은 얼굴의 마르코. 그가 허겁지겁 입을 열었다.

"유 워너 고, 핼러윈 파리?"

마르코는 중급 정도의 한국어 실력을 갖추고 있지만, 아내와 나에겐 영어를 사용했다.

"노 땡큐. 아임 오케이. 헤브 펀."

모국어가 아닌 건 마찬가지지만 무안함으로 빨개진 건 나의 정수리뿐이었다. 웃으려던 입가에 작은 경련이 일었다. 거절을 들은 마르코의 얼굴에 잠시 아이 같은 서운함이 비쳤다. 물론 그건 어디까지나 반사적인 반응이란 걸 난 알았다.

"나 어때?"

아내는 자신만만한 얼굴로 자신의 의상을 가리켜 보였다. 나는 떨떠름히 고개를 끄덕이고 말았다. 사실 아내에게 나의 의견 같은 건 중요치 않았다. 아내는 그저 아이들이 하듯 자신을 내 앞에 뽐내고 싶을 뿐이었다.

간신히 입술 끝을 당겨 웃어 보이자 아내는 뮤지컬의 주인공이라도 된 양 빙그르르 돌기 시작했다. 레이스가 달린 앞치마 덕에 그 모습이 잠시 꽃잎처럼 보였다. 하지만 이내 투두둑, 소리와 함께 아내의 입에서 비명이 터져 나왔다

"악!"

순식간에 코스튬 허릿단이 제대로 뜯어지고 말았다.

"어떡해!"

마르코가 자신의 얼굴을 아내의 허리 부위에 들이밀었다. 금방이라도 아내의 맨살이 마르코의 코에 닿을 것 같았다. 또다시 내 정수리가 뜨거워졌다. 어째선지 지금 이곳, 이 둘 사이에 내가 있는 게 잘못된 일처럼 느껴졌다.

"위 돈 헤브 타임! 테이크잇 오프!"

벗으란 말에 아내는 단박에 속옷 차림이 되었다. 나는 더 이상 이 광경을 어떻게 봐야 할지 알 수 없었다.

마르크는 조금도 동요치 않았고 그것이 나를 더 동요케 했다. 나는 결국 할 말을 찾지 못하고 그대로 문을 닫아버렸다. 방에서 아내는 계속 사춘기 소녀 같은 웃음을 터뜨리고 있었다. 나는 내쳐 현관문을 열고 엘리베이터를 탔다. 수치심이 분노로, 분노가 다시 수치심으로 바뀌고 있었다.

소울메이트.

몇 년 전, 아내가 단골이던 음반 가게에서 운명처럼 만난 이 둘은 한눈에 서로가 소울메이트란 걸 알았다고 했다. 나도 내가 그런 낡은 소녀 취향의 단어에 분노를 느끼게 될 줄은 몰랐다. 아내는 내 심정을 전혀 이해하지 못했다.

"그, 그럼 우리는?"

나는 말문이 막혀 제대로 말을 잇지 못했다. 아내는 그

특유의 유아적인 얼굴로 나를 돌아보며 말했다.

"우리도 소울메이트."

"뭐?!"

아내는 한쪽 눈썹을 치켜세우곤 답답하다는 얼굴을 했다.

"우리도 특별한 끈으로 묶여 있잖아. 내가 말하는 소울메이트란 그런 거야."

"그게 말이 돼?"

나는 어느새 '소울메이트'란 단어에 집착하고 있었다.

"소울메이트가 반드시 애인이나 배우자란 법은 없잖아. 한 명이란 법도 없고. 친구나, 부모, 아니면 선생님일 수도 있으니까."

아내의 말에 모순은 없었다. 오히려 너무 논리적이라 그것이 더 분을 샀다.

"그럼 그 특별한 끈이란 게 대체 뭔데?"

한동안 무거운 침묵이 흘렀다. 아내는 천천히 입을 열고 말했다.

"지금 숨 쉬며 먹고 마시고, 일하다 노는 인생. 그 인생 밖에도 우리는 존재한다고 생각해. 그게 전생이든 아니면 천국 같은 곳이든. 적어도 이게 끝은 아니잖아. 그런 차원의 얘기를 하는 거야. 너무 오래되고 깊이 연관돼서, 끊으려야 끊을 수 없는 관계."

나는 할 말을 잃었다.

들으면 들을수록 이상한 사람은 내가 되는 것 같았다. 아무리 생각해도 내겐 부부보다 소울메이트가 더 중요한 단어처럼 들렸고, 그 소울메이트가 아내에겐 둘이나 된다는 게 이해되지 않았다. 물론 아내의 특별한 사람이 나여야만 한다는 것도, 아내의 또 다른 소울메이트가 나보다 젊고 멋진 청년이라는 데 화가 나는 것도 내 열등감에 불과하다는 걸 알았다. 그리고 아내에게 마르코 같은 친한 친구가 필요하다는 것도 안다. 그런데도 나는 격해진 감정으로 정신이 나갈 것 같았다.

결국 그날 나는 그대로 집을 나가 새벽까지 술을 퍼마셨다.

그 후로 나는 아내와 마르코의 관계에 대해 달리 토를 달지 않았다. 대신 그 둘을 관찰하며 아내의 생각을 이해하려 애를 썼다.

나는 아내가 우리 둘을 대하는 데 있어 어떤 차이가 있는지 눈여겨보았는데 사실 그런 건 금방 눈에 띄었다. 일단 아내와 마르코 사이엔 아주 '자연스러운' 스킨십이 있었다. 그건 한때 아내와 나 사이에 있었던 스킨십과는 다른 종류로, 정말 친한 친구끼리나 가능한 것이었다. 그 외에도 그들 간엔 좀 특별한 소통 방식이 있어 보였다. 둘 중 하나가 뜻 모를 말을 뱉으면 둘은 동시에 웃음을 터뜨리거나 함께 심각한 표정을 짓는 일이 많았다. 기본적으로 그들의 사고영역이 비슷한 지점에 머무는 건 누가 봐도 분명했다.

사실 대학에서 작곡과 미학을 전공한 마르코는 보기보다 교양 수준이 높았고 덕분에 그들의 대화 내용은 늘 풍성했다. 물론 그런 걸 차치하더라도 마르코와 함께 있을 때 아내는 여느 때보다 잘 웃었다.

나는 자주 마르코의 남다른 외모 앞에서 일종의 두려움 내지는 불편을 느꼈는데, 아무리 봐도 아내는 그렇지 않은 것 같았다. 그러니까 아내는 특별히 마르코가 아름답다고 생각지 않는 것처럼 보였다. 그 둘 사이는 한없이 편안했다. 그래서 서로 티격태격할 때조차 좋아 보였다. 그건 아내가 세상과 소통하고 있다는 증거였다.

"일찍 들어올게."

마르코와 함께 현관을 나서는 아내는 마냥 기분이 좋았다.

나는 절망적인 미소로 그들을 배웅했다. 그리고 거실 장식장에서 오래된 위스키 한 병과 잔을 꺼냈다. 나는 그대로 바닥에 앉아 위스키를 천천히 잔에 따랐다. 금색 문양이 새겨진 잔은 오래전 아내와 태국에 갔을 때 구입한 것이었다. 그걸 보고 있자니 당시 아내가 입고 있던 하늘하늘한 물색 원피스가 생각났다. 그때 아내는 내게 어리광을 많이 부렸다. 이런저런 풍광 앞에서 사진을 찍어 달라 조르기도 하고 새로 산 샌들 때문에 발이 아프다고 칭

얼대기도 했다.

나는 당시 아내의 모습을 하나하나 기억해내며 쓰디쓴 위스키를 한 잔, 두 잔 마시기 시작했다. 그리고 얼마 뒤 소파 위에 길게 누웠고, 이내 잠이 들었다. 나는 꿈을 꿨다.

잠에서 깨었을 때, 나는 눈을 뜬 채 한참 동안 천장을 바라봤다. 아직도 생생한 꿈이 눈앞에 어른거렸다. 정말이지 이상한 꿈이었다. 꿈속에서 나는 아내였다. 나는 아내의 몸으로 '나'와 사랑을 나눴다. 나에게 안긴 아내의 기분이 그대로 느껴졌다. 마침내 내 안으로 내가 들어왔을 때, 입에서 거친 탄식이 흘러나왔다. 난생처음 느껴보는 황홀감이었다.

나는 이제껏 한 번도 여자가 되고 싶었던 적이 없고 앞으로도 그럴 것이지만 아까의 그 느낌은 절대 잊지 못할 것 같았다.

나는 한동안 꿈속의 기분을 더듬다 자리에서 일어났다. 욕구 불만이 틀림없다고, 화장실에서 소변을 보며 생각했다. 마지막으로 아내를 안은 지 몇 년이 지났는지 몰랐다. 지나치게 오래 쌓아둔 욕망이 해괴한 형태로 변질된 게 분명했다.

나는 괜스레 맥이 빠져 도로 침실로 가 누웠다. 새벽 4시. 아내는 마르코와 함께일 것이다. 그 둘에 대해 별다른 의심이 드는 건 아니지만 질투를 느끼는 건 사실이었다. 질투가 심해질수록 나는 내가 받았던 사랑을 기억해내려 노력했다. 적어도 아내는 나를 사랑했고, 그래서 우리는 결혼을 했으니까.

우리 사이는 특별했다.

하나씩, 사소하지만 이해할 수 없는 것들이 쌓이기 전, 우리 사이엔 마법 같은 것이 있었다. 그래서 아직도 난 아내가 처음 나를 집으로 초대했던 날을 하나의 기적으로 기억하고 있다.

*

　레지던트 시절, 나는 아내를 한 세미나에서 처음 만났
다.

　수수한 옷차림에 깨끗한 표정. 그럼에도 어딘가 저녁
노을을 닮은 데가 있는 여자였다. 그녀는 누구와 무엇을
해도 주변과 잘 섞이지 않았는데 그것이 내내 내 시선을
끌었다. 사실 그녀를 본 순간 나는 아주 이상한 기분을 느
꼈다. 그건 단순히 설레는 기분이 아니었다. 머리가 멍해
지면서 이 순간, 이곳, 그리고 내 몸이 아주 낯설게 느껴
졌다. 그럼에도 마침내 일어날 일이 일어난 것 같은 기분
이 들었다. 그날 그녀에게 따로 말을 붙일 기회는 없었다.
하지만 이후에도 지도 교수의 동선에 따라 우리는 몇 번
이나 마주칠 일이 생겼고 자연히 함께 식사할 기회도 생
겼다. 나는 아주 천천히 그녀에게 호감을 표했다.

　나는 그녀에 대해 아주 필연적인 본능을 느꼈는데 시
간이 갈수록 그 정도는 심해졌다. 하지만 그것이 정확히

무엇인지 나는 몰랐다. 그래서 한동안 그녀의 매력을 분석하는 데 하릴없는 시간을 보내야 했다.

꾸밈없이 하나로 길게 묶은 머리. 부드럽지만 단호한 말투. 한 번씩 말끝에 붙는 옅은 웃음.

그 평범한 특징들 가운데 나는 마치 미로에 빠진 사람처럼 헤맸다. 결국 나는 모든 생각을 멈추고 그냥 본능에 충실하기로 했는데 어느 정도 서로를 알게 된 뒤론 더 이상 그녀에게 가까이 갈 기회가 오지 않았다. 그녀는 상냥했지만, 빈틈이라곤 없었다. 어쩌다 사적인 얘기를 꺼내도 이내 대화는 일 얘기로 되돌아가고 말았다. 그사이 우리가 만날 기회는 줄어들었고, 나는 조금씩 자신감을 잃어갔다.

"형기 씨, 내일 시간 어때요?"

나는 내가 잘못 들었다고 생각했다. 내 얼빠진 표정에 그녀는 잠시 망설이다 입을 열었다.

"내일 저녁에 우리 집에 와줄 수 있어요? 파티…… 하려고요. 제 생일이거든요."

그때 내가 어떻게 대답했는지 기억이 잘 나지 않는다. 다만 그날 밤 그녀의 생일 선물을 고르느라 두통을 느끼며 고심했던 기억이 난다. 나는 적당한 선물을 추천받기 위해 친하지도 않은 여자 동기들에게 전화를 걸어댔고, 인터넷을 뒤지느라 밤새 한숨도 자지 못했다. 결국 다음 날 백화점에 들러 프랑스 자수가 새겨진 실크 손수건을 세 장 샀다.

"와줘서 고마워요."

식탁에 마주 앉은 그녀가 말했다. 믿을 수 없지만 파티에 초대받은 건 나 혼자였다. 나는 내내 어리둥절한 얼굴이었다.

"놀랐어요?"

그녀는 겸연쩍게 웃었다. 벽에 붙은 그녀의 그림 몇 점이 우리를 지켜보고 있었다.

"나 친구가 없거든요. 창피한 얘기지만."

그녀는 솔직했고 때문에 나는 말로 표현할 수 없는 기분을 느꼈다.

"사실 저도 그래요."

내 말이 거짓인지 아닌지 난 잘 몰랐다. 하지만 그렇게 말하고 나니 순식간에 그녀와 가까워진 것 같았다.

나는 그녀가 나를 조금쯤 특별하게 여기고 있는 게 명백하다고 생각했다. 방 하나와 부엌이 전부인 이런 단출한 집에 그녀가 아무나 부르리라곤 생각되지 않았다.

"우정……이란 생각보다 훨씬 희귀한 거라 생각해요."

내 말에 그녀는 조금 멍한 얼굴로 나를 보다가 이내 시선을 떨구었다. 그녀의 눈가가 작게 떨렸다.

"전 가족도 없어요."

그녀가 잠시 머뭇거렸기에 나는 그녀의 말이 완전히 사실이 아니란 걸 알았다. 나는 침묵으로 그 이유를 물었다.

"사실 아버지가 미국에 계세요. 하지만 왕래도 없고…… 연락도 하지 않아요."

나는 더 이상 그녀를 추궁하고 싶지 않았다.

"저는 양부모님이 계세요."

그녀는 내 말을 제대로 이해하려는 듯 고개를 한쪽으

로 살짝 기울였다.

"근데 연세가 있으셔서 얼마 전부터 양로원에서 생활하시죠."

그녀는 작게 고개를 끄덕였다.

그날 우리는 더 이상 서로의 친구나 가족에 대한 얘기를 꺼내지 않았다. 나는 대화의 내용이 다른 것에 국한되도록 세심한 노력을 기울였는데 그 때문에 그날 우리가 열렬히 나눈 얘기는 지도 교수의 나쁜 습관에 관한 것뿐이었다. 덕분에 분위기는 한결 가벼워졌다. 경쾌한 기분에 젖어 우리는 그녀가 만든 간단한 요리를 먹었고, 자그마한 케이크를 자른 뒤 와인을 조금 마셨다. 다행히 그녀는 내가 준비한 손수건을 마음에 들어 했다.

그날 나는 나에게 제공된 기회에 비해 지나치게 건전하게 굴었지만 모든 게 완벽하길 바란 나에겐 그것이 최선이었다. 나는 아무것도 망치고 싶지 않았다. 그것이 어떤 수고와 시간이 걸리든, 그녀를 온전히 내 것으로 만들기 위해 나는 모든 걸 감수할 준비가 되어 있었다. 나는 그만큼 그녀를 원했다.

　그날 이후 두 번의 자연스러운 만남을 가진 뒤, 우리는 연인이 되었다. 나는 완전히 그녀에게 빠져 버렸고, 그녀는 더없이 행복해 보였다.

　당시 우리의 모든 몸짓은 서로를 위한 것이었다. 나이는 내가 한 살 위였지만 그녀는 늘 어딘지 모르게 한 가지씩 나보다 성숙한 느낌이었고 그 때문에 시간이 흘러도 나는 그녀에 대해 일종의 존경을 잃지 않았다. 우리는 많은 얘기를 나눴지만 실제 말 자체는 그다지 대수로운 것이 아니었다. 언어 대신 우리의 호흡 하나하나가 이미 더 직설적으로 서로에게 말을 하고 있었다.

　그러니까 우리는 조금 미친 상태에 가까웠던 것 같다. 그리고 그 상태는 오랫동안 지속되었다. 그래서 서로가 어떤 사람인지 제대로 알게 되기까진 생각보다 많은 시간이 걸렸다.

　반면 내 생활의 한 가운데를 차지했던 공허감은 순식

간에 사라져버렸다. 마치 그 모든 혼란이 말도 안 되는 허상이었던 양. 나는 많이 얼떨떨했으나 무엇이 현실이고 그렇지 않은지 더 이상 중요치 않았다. 그녀로 인해 내 안의 모든 모호함과 불확실함이 사라져버렸기 때문이다.

여름이 되고 장마가 시작될 무렵 우리는 서로의 자잘한 습관에 익숙한 연인이 되어 있었다. 그리고 나는 약을 완전히 끊은 상태였다. 노력할 필요도 없었다. 내 몸은 더 이상 약을 필요로 하지 않았다. 소년도 이젠 내 앞에 모습을 드러내지 않았다.

나는 더 이상 불행한 사람이 아니었다. 어딜 둘러봐도 내가 누릴 행복과 기쁨이 차고 넘쳤다. 우리에게 특별한 데이트 코스라곤 필요 없었다. 그녀는 나를 집으로 초대하는 걸 유난히 좋아했다. 그녀에겐 자신이 꾸민 이 작은 아파트가 그 어느 곳보다 흥미진진한 공간이었던 것이다. 말은 하지 않았지만 그녀는 이제껏 이 특별한 공간을 공유할 사람이 없었던 걸 심히 애석해 했던 것 같다.

장마 동안 우리는 매 주말을 그녀의 집에서 보냈다. 일요일이면 그녀는 정오까지 침대에서 일어날 줄을 몰랐는데 일찌감치 잠에서 깬 나는 그녀를 깨우지 않고 여유롭게 그녀의 집안 곳곳을 탐험하길 즐겼다. 그중 내가 제일 먼저 한 일은 여기저기 걸린 그녀의 그림을 한참씩 들여다보는 것이었다.

느긋한 해변, 지중해의 조용한 마을, 따뜻한 바다를 떠다니는 낡은 배.

나는 시간을 들여 그녀가 그림에서 구현코자 하는 것들을 찬찬히 가늠했다. 따스함이나 평화의 단상들. 어쩌면 그런 건 그녀가 사람들에게 나눠주느라 본인은 누리지 못한 것인지 몰랐다.

그림을 감상한 뒤, 나는 책장으로 시선을 옮겼다. 나는 그녀가 이제껏 읽었던 책들을 하나하나 살폈고, 그녀의 사진첩을 반복해 들여다봤다. 이런 시간은 마치 하나의 예술품을 음미하는 것과 같은 과정이었다. 설렜고, 얼마간 난해했다.

그녀는 유독 오래된 것을 사랑했고 그런 것을 모으는

습관이 있었다. 이미 절판된 책이나 이제는 그 이름도 잊힌 가수들의 LP, 그리고 많은 사람의 손을 거쳐 왔을 소품과 가구들. 나는 그런 오래된 것들을 살피다 침대맡으로 돌아와 잠든 그녀의 얼굴을 들여다봤다. 그러면 종종 이상한 기분에 사로잡히곤 했다. 어쩌면 그녀 역시 아주 오래된 어떤 것인지 모른다는, 그런 생각이 들었다.

마침내 그녀가 잠에서 깨면, 우리는 서로에게 안겼다. 권태로워질 때까지. 그녀는 내 품에서 마치 물고기처럼 굴었다. 아주 유연하고 매끈해서 손에 잡히지 않는 물고기.

그러고 나면 우리는 나머지 하루를 아주 느긋이 보냈다. 식사는 보통 레토르트 식품을 데워먹을 때가 많았고, 가끔은 내가 요리를 했다. 배가 부르면 우리는 다시 시간이 천천히 흐르도록 내버려두었다. 보통은 그녀가 한없이 얘기하다 지치면 내가 떠드는 식이었는데 당시 그녀가 자주 꺼내던 얘기는 오래전 배낭 여행으로 다녀온 지중해에 관한 것이었다.

"그리스는……조용하고 심심한 나라야. 사람들은 게으

르고 불친절해. 삶에 무관심한 것처럼 보이고. 예술? 그보단 폐허와 돌덩어리가 가득한 나라지. 하지만 그곳의 돌들은 좀 달라. 부드럽거든. 그러니까 해변에서 따스한 돌을 하나 줍는 거야. 그리고 고개를 들어. 그러면 하늘이 내내 나를 보고 있었다는 걸 알게 돼. 좀 이상한 얘긴가?"

그녀는 잠시 개구쟁이처럼 키득거렸다.

"말하자면, 하늘과 정식으로 인사하는 기분? 그런 건 정말이지 지중해에서만 느낄 수 있을 거야."

뭔가 다 표현할 수 없음에 안타깝게 입술을 찡그린 그녀의 얼굴에서 나는 아주 특별한 것을 보고 있었다. 그녀의 목소리는 그녀가 사랑하는 오래된 물건들처럼 진중하고 온후했다.

지중해에 대해 이야기할 때, 그녀는 차마 언어로 표현할 수 없는 신비스러운 무엇과 하나가 되어버렸고, 꿈을 꾸는 듯한 그 얼굴엔 일종의 종교적 성스러움마저 있었다. 나는 한 사람이 더 이상 누군가를 사랑할 수 없을 정도로 그녀를 사랑하고 있었다. 그리고 스스로 이러한 사실을 명백히, 아주 잘 알았다.

어느 날, 난 마치 고백처럼 비밀 한 가지를 털어놓았다.

"데미섹슈얼?•"

그녀는 매우 놀란 얼굴이었다.

"왜? 신기해?"

"음…… 신기하다기보다, 자신이 그렇다고 말한 사람을 본 적이 없으니까."

이런 얘길 나누고 있는 것 자체가 좀 이상하게 느껴졌다. 그녀는 생각보다 내 얘길 훨씬 진지하게 받아들였다.

"그런 쪽으로 물어보지 않아서인지 모르지만, 환자들 중 자신을 그렇게 알고 있는 사람은 없었어. 하지만 알고 보면 생각보다 많을지도……."

"많다고?"

"잘 이해할 수 없는 심리적 이유로 매력을 느끼는 거. 어쩌면 당연한 일 아닐까? 그게 남자건 여자건. 그저 신

• demisexual : 반성애자; 깊은 관계와 감정 교류를 통해서만 성적 끌림을 느끼는 사람

체적 특징 때문에 자고 싶어지면 그게 더 허무맹랑할 거 같은데."

그녀는 이제 골몰한 표정을 짓고 있었다.

"어쩌면 나도 마찬가지 일지도……."

그렇게 말하며 그녀는 뭔가를 찾듯 내 눈을 들여다봤다. 그리곤 이내 강아지처럼 내 품을 파고들었다.

새벽이었다.

거센 비바람이 세차게 창을 치고, 막 어떤 꿈을 꾼 느낌에 젖어 눈을 떴을 때였다. 옆자리를 살폈지만 그녀는 침대에 없었다. 나는 천천히 몸을 일으켰고, 이내 창가에 앉은 그녀의 실루엣을 발견했다. 그녀는 떨고 있었다.

"준희 씨?"

떨림이 잠시 멈추더니 이내 다시 계속됐다. 그녀는 곧 손으로 얼굴을 가렸다. 나는 창가로 다가가 무릎을 꿇고 그녀를 안았다. 그녀의 몸에 거대한 감정이 요동치고 있었다. 그 작은 몸이 당장에라도 산산조각 날 것 같았다.

"원래 지난주에…… 아니…… 사실은……."

울음이 그녀의 입을 막고 있었다. 하지만 듣지 않아도 무슨 일인지 알 수 있었다.

"내가 어떻게든……어떻게든 할 수 있었는데."

"아니야. 그렇지 않아."

나는 그녀의 등에 손을 얹고 말했다. 누군가는 단호해져야 했다.

"만약 조금만, 어떻게든 시간을 냈다면……."

"바보 같은 생각이야."

그녀는 긴소리를 내 울기 시작했다. 모든 것이 뒤섞인 어둠 속에서, 도무지 견딜 수 없다는 얼굴로. 이것이 그녀가 네 번째로 환자를 잃은 날이었다.

장례식장은 소란스러웠다.

겨우 스물일곱인 고인의 죽음을 받아들이지 못하는 사람들이 통곡을 멈추지 못하고 있었다. 이렇게 많은 사람이 눈물을 흘리는 빈소는 처음이었다. 그녀는 붉은 눈을 한 채 울지 않았다. 그녀는 자신이 뻔뻔하다고 생각했고, 자신이 아직 숨 쉬고 있는 걸 수치스러워했다.

그녀는 첫째 날 외에 따로 식장을 찾지 않았지만 장례가 모두 끝날 때까지 자지도 먹지도 않았다. 돌봐줄 가족이 없던 그녀의 상태는 매우 위태로워 보였다. 나는 최대한 시간을 내서 그녀를 돌보았다.

악에 받친 고인의 부모로부터 그녀가 난폭한 일을 당하지 않을까 걱정도 됐지만 그런 일은 일어나지 않았다. 당연했다. 당시 그녀의 얼굴을 본 사람이라면 그녀를 동요케 할 그 어떤 말도 꺼낼 수 없었을 것이다. 그녀는 한없는 자기부정 상태에 빠져있었다.

나는 그녀가 다시는 완전히 원래의 상태로 돌아갈 수 없으리란 걸 예감했다.

그렇게 한 달을 더 버틴 뒤, 그녀는 4년 차 레지던트 과정을 그만두었다. 여섯 달. 어떻게든 그 시간만 버티고 시험을 치르면 전문의가 될 수 있었지만, 그녀의 결정은 확고했다. 안타깝지만 어쩔 수 없단 걸 나는 알았다. 환자를 잃을 때마다 그녀의 일부는 부서졌고, 부서진 부분은 회복되지 않았다. 그녀의 선택은 자신의 생존을 위한 것이었다.

일을 그만둔 그녀는 이 주간 동남아로 홀로 여행을 다녀왔다. 그녀가 돌아왔을 때, 나는 프러포즈를 했고 그녀는 나의 청혼을 받아들였다. 이내 우리는 간소한 식을 올린 뒤 북해도로 신혼 여행을 떠났다.(그녀는 소중한 선물을 아끼듯 지중해 여행을 나중으로 미루고 싶어 했다.) 그렇게 그녀는 멍에 아닌 멍에를 벗고 내가 만들어준 사소하고 안락한 울타리 안에서 소꿉장난 같은 생활을 시작한 것이다.

"우리는 우리가 아는 것보다 더 깊이 연결되어 있어. 잘 설명할 순 없지만, 나는 그냥 알아."

그녀가 그렇게 말한 건 신혼여행에서 돌아오는 비행기 안에서였다. 그녀는 내 쪽을 보지 않고 창밖을 보며 말했다.

"시간이 흘러서, 지금과 상황이 많이 달라져도 우리 사이가 진짜라는 거, 잊지 마."

그녀는 마침내 고개를 돌리고 가만히 내 손을 잡았다. 그건 나를 향한 그녀의 처음이자 마지막 고백이었다. 돌연 심장이 빠르게 뛰었다. 마치 그녀와 첫 키스를 했을 때처럼.

물론 나는 그녀가 무슨 말을 하는지 잘 이해하지 못했고 영원히 이해하지 못할지도 모른다는 생각마저 들었다. 다만 가슴이 터질 것처럼 빠르게 뛰는 이 순간, 나는 내 생애 최고의 행복을 느끼고 있었다. 그것만이 중요했다. 다른 건 모르더라도 지금 이 순간은 절대 잊지 않겠다고, 나는 다짐했다.

나는 알고 있었다. 내 인생에서 이런 순간은 다시 되풀이되지 않으리란 걸. 하지만 지금 이 순간이 내가 잡고 있는 그녀의 손처럼 진짜라는 걸.

시나리오

나는 아침이 올 때까지 아내를 기다리며, 비행기에서 아내가 했던 말을 지금의 상황에 대입해 생각하고 또 생각했다. 거기엔 치졸한 의심이 뒤따랐고, 온몸으로 퍼져가는 불안이 있었다. 거기다 나약한 욕망이 더해진 아찔한 무력감이 나를 짓눌렀다.

나는 다시 약에 손을 대기 시작했다.

아내를 만난 뒤로 하지 않은 짓. 오히려 이젠 너무 쉬워서 하지 않은 그걸 다시 시작한 것이다. 물론 나름의 절제를 위해 일부러(마치 보물찾기를 하듯) 약을 집 안 여기저기에 숨겨두었다. 냉장고 위, 장식용 찻잔 속, 침대 매트리스 아래. 하지만 약의 종류와 복용 횟수는 점차 늘어났다.

나는 매번 곁에 약이 있다는 걸 떠올리며 안도감을 찾으려 했다. 그러니까 불안을 피하는 가장 간단한 방법이 나에게 있었던 것이다. 어떤 충동이 나를 뒤흔들면 그저 약병을 찾아 몇 알을 삼키면 되었다. 몽롱함은 설렘과 함께 찾아왔다. 그러면 곧 내 안의 수많은 두려움과 추측이 지워졌다. 그리고 결국 평온이, 기쁨이 찾아왔다. 모든 게 완벽해지는 시간이었다. 약은 아주 친근히, 오래전 잊었던 기분을 내게 되돌려 주었다.

약에 취하면 많은 것이 쉽고 단순해졌다. 환자들과의 상담도 오히려 더 원활해지는 기분이었다. 어떨 땐 환자가 내 오랜 벗처럼 느껴질 때도 있었다. 이젠 불시에 소년이 나타나도 당황하지 않았다. 원한다면 언제까지고 소년의 얘기를 들어줄 수 있을 것 같았다. 나는 약을 통해 새로운 소통 방식을 배우기 시작한 거라 생각했다. 물론 약 기운이 떨어지면 모든 것이 더 엉망이 되어버렸다. 끝내 찾아오지 않는 김상균 환자의 얼굴이 머릿속을 가득 메웠고, 내 안 깊숙이 자리한 죽음에 대한 충동이 되살아났다. 그런 식으로 약마저 소용이 없어지는 순간이면 나는 어둠 속, 밧줄 하나에 온몸을 지탱하던 밤을 기억해내려 애썼다. 다행히 당시의 공포와 절박함이 나의 몸 구석구석에 아직 남아 있었다. 죽을힘을 다해 로프를 움켜쥔 손과 경련을 멈추지 않던 어깨, 그리고 그 필사적인 마음.

목숨 외에 아무것도 상관없던 당시의 간절함이 기억나면 내 눈을 가리는 불안이 천천히 누그러졌다. 하지만 약은 나를 게으르게 만들었고 때문에 더 이상 클라이밍 센터엔 가지 않았다.

그런 내 앞에 그가 찾아왔다.

눈에 띄게 좋은 혈색. 끊임없이 뭔가 탐색하는 듯한 눈빛. 몸의 일부인 양 가로로 멘 가방. 모든 준비를 한 채, 또렷한 표적을 노리는 그가 지금 내 진료실에 앉아 있었다.

"잠이 안 옵니다."

침울함이라곤 눈곱만큼도 느껴지지 않는 목소리였다. 그의 또렷한 이목구비엔 삶에 대한 회의나 절망 같은 게 끼어들 여지가 없어 보였다. 그는 내내 카메라 렌즈 같은 눈으로 나를 바라봤다.

"잠, 잠이 안 온다……."

땀으로 미끈거리는 손가락 안에서 만년필이 자꾸 헛돌았다. 모든 걸 알고 있는 남자의 눈이 번뜩였다. 어디선가 카메라 셔터 누르는 소리가 들리는 것 같았다.

그러니까 그는 한껏 발톱을 세우고 먹이를 노려보는 중이었다. 그리고 나는 뒤늦게 뭔가 잘못된 걸 깨달은 만만한 먹잇감이었다.

'자살미수의 정신과 의사'

9시 뉴스의 헤드라인이 선명히 떠올랐다. 모자이크 처리된 내 얼굴. 음성 변조된 송 간호사의 목소리. 몸 여기저기서 맥박이 빠르게 뛰었다.

나는 식은땀을 감추며 의당 의사가 해야 할 질문을 떠올리려 노력했다. 남자는 침착히 말했다.

"자꾸 죽고 싶어요."

"그……그게 무슨 말이죠?!"

내 반응은 한심했다. 나는 이제껏 정신과 의사로서 쌓아온 숙련을 송두리째 저버리려 하고 있었다.

"의욕도 없고, 어떻게 해야 할지 모르겠어요."

마치 시험관 앞에 앉은 학생이 된 기분이 들었다. 정신을 차려야 했다.

"일단, 마……마음을 편히, 그러니깐 편히 가지시고……요."

나는 기어들어가는 목소리로 말했다. 자꾸 도망치려는 나의 시선을 고정시키려는 듯, 남자의 눈이 내 눈을 끈질기게 응시했다.

"선생님은 스트레스를 받으면 어떻게 하시나요?"

남자는 단도직입적이었다. 그는 나를 힐문하고 있었다. 나는 머리는 나쁘지만 성실한 학생처럼 정답을 생각해야 했다.

"음, 그러니깐, 일단······ 마음을 편히······편히 갖도록 노력하죠."

결국 나는 같은 말을 반복하고 말았다. 남자의 얼굴에 조소가 스쳤다. 마음이 다급해지면서 눈앞이 어지러워졌다.

"그리고 운동을 합니다!"

한밤에 아파트 타기.

나는 내 대답과 경찰서에서 그가 들은 진술을 적절히 연관 지어주길 바랐다. 남자의 얼굴에 빙그레 웃음이 떠올랐다. 무슨 생각을 하는지 도무지 알 수 없는 얼굴이었다.

나는 좀 더 그의 이해를 도와야 하는지도 모른다고 생각했다.

"유산소 운동도 좋지만, 일상에서 할 수 없는 조금 격하고 화끈한 운동을 전 선호합니다. 예를 들면······암벽 타기, 네, 전 암벽타기 같은 운동을 즐깁니다!"

남자의 얼굴에 다시 싸늘한 미소가 피어오르는 사이

나는 계속해서 나의 개인적인 운동관을 피력했다. 인터넷에 떠도는 잡다한 얘기를 지루하게 지껄이며 결국 남자가 인내심을 잃고 자리에서 일어나주기를 바랐다. 그러나 남자는 냉정했고, 차분했으며, 집요했다. 그는 내가 처방전을 내주겠다고 얼버무릴 때까지 같은 자세, 표정으로 자리를 지켰다.

그는 자리에서 일어나기 직전 내게 의미심장한 시선을 던졌는데, 그건 그가 잘 짜인 하나의 시나리오를 갖고 있음을 명백히 하려는 표시처럼 보였다. 모든 건 벌써 결정되었고, 오늘 이 방문은 그저 완성된 이야기를 확인하기 위한 것이라고, 그의 눈은 말하고 있었다. 그러니까 이 이야기 안에서 내가 할 수 있는 건 아무것도 없었다.

그날 밤, 나는 잠커녕 잠시도 눈을 감을 수 없었다. 눈을 감으면 남자의 얼굴이 떠올랐다. 나는 밤새 눈을 뜬 채 나에게 닥칠 상황에 대처할 방법을 머릿속으로 고치고, 또 고쳐 보았다.

마침내 아침이 되었을 땐 지독한 치통이 나를 기다리고 있었다.

마치 누군가 바늘로 이빨의 뿌리를 후벼 파는 느낌이었다. 진통제를 삼켰지만 신랄한 통증은 좀처럼 사라질 줄 몰랐다. 여기저기 숨겨둔 약병을 잊은 건 아니었다. 다만 어제 일을 떠올리면 오늘은 그 어느 때보다 또렷한 정신이 필요했다.

내 마음은 복잡했다. 내가 할 수 있는 건 거의 없었음에도 나는 마치 어떤 결정을 내리려는 것처럼 끊임없이 거실을 왔다 갔다 했다. 곧 아내가 돌아왔다.

"미안, 오늘 아침은 자기가 좀 챙겨."

오늘 아내는 영 기분이 좋지 않은지 옷을 갈아입곤 곧장 침대에 누웠다. 어차피 입맛이 없던 나는 바로 출근 준비를 했다.

혹독한 통증 때문에 어떻게 병원에 도착했는지 몰랐다.

시나리오

"어머나, 민 선생님! 어떻게 된 거예요?"

송 간호사의 외침에 나는 그녀보다 더 놀란 얼굴을 했다.

"얼굴이 너무 창백해요. 대체 무슨 일이에요?"

"그냥, 잠을 좀 못 자서 그래요."

"요새 계속 얼굴이 안 좋아요. 식사는 챙겨 드시는 거예요?"

두 아이를 키워낸 엄마의 본능적인 반응이었다. 나는 잠시 고민하다 사실을 말했다.

"사실 치통이 좀 있어요."

"치과에선 뭐래요?"

"그게, 아직 가보진 않았어요."

단춧구멍 같은 송 간호사의 눈이 커다랗게 벌어졌다.

"이런저런 일로…… 좀 바빴거든요."

나는 더 솔직해지고 싶었지만 끝내 그럴 수 없었다. 송 간호사의 얼굴에 근심이 가득했다.

"저야 무슨 일인지는 모르겠지만……. 요즘 환자들로

부터 불만이 좀 있어요. 지난달에 갑자기 휴진이 두 번이나 있었잖아요."

모르는 일은 아니었다. 나는 뭔가 변명을 늘어놓고 싶은 마음에 말을 골랐다. 지금 이게 나의 최선이란 걸 설명하고 싶었다.

"어쨌든 치과엔 빨리 가보세요."

"그럴게요."

결국 나는 고분고분한 아이처럼 대답했다. 싫은 기분은 아니었다. 오히려 그 반대였다. 얼굴이 마비될 것 같은 통증이 아니라도 나 혼자 힘으론 이미 많은 것이 힘에 부쳤다. 누군가 조금이라도 기울여 주는 관심이 지금 나에겐 유일한 힘이 되었다.

'같이 치과에 가주시면 안 될까요?'

간절한 부탁이 입안에서 뱅뱅 돌았다. 송 간호사라면 물론 같이 가줄 것이다. 나 대신 접수를 해주고, 내가 불안해하지 않도록 대기실에서 손을 잡아줄지도 모른다. 하지만 그건 내가 상상할 수 있는 가장 어처구니없는 일이었다.

나는 진통제 몇 알을 더 삼키고 간신히 오전 진료를 견뎠다.

진료를 보는 내내 등에서 식은땀이 흘러내렸다. 집중이 전혀 되지 않는 탓에 실수로 엉뚱한 약을 처방할 뻔도 했다. 나는 개원 이래 처음으로 환자들에게 힘겨운 얼굴을 내보이고 있었다. 환자들은 내 고통을 알아보는 눈치였다.

오후가 되자 나는 진통제와 안정제를 한 움큼 같이 삼켰다. 통증은 조금 누그러졌지만 진료는 최악으로 내달았다.

마징가제트와 페칸더브이

한 달에 한 번, 늦은 밤.

남자들이 우리 집에 모였다. 보통 예닐곱 명의 외국인들이었다. 연령대는 다양했는데, 그 중엔 톰처럼 운동선수인 사람도 있었고 예술가나 상인처럼 보이는 사람도 있었다.

대수로운 일이 아니었다. 톰과 그들은 그저 약간의 돈을 걸고 카드 게임을 즐길 뿐이었다. 사람들은 푼돈으로 즐거운 시간을 보내기 위해 한 달에 한 번 우리 집을 찾는 것이었다.

그들이 영어로 대화를 했기 때문에 나는 그들의 웃음과 농담이 오가는 걸 지켜보기만 했다. 알아들을 수는 없었지만 이미 사춘기에 접어들어 눈치가 빨랐던 나는 그들이 하는 얘기에 별 내용이 없다는 걸 잘 알았다. 그래서 특별히 그들의 대화에 주의를 기울일 필요는 없었다.

손님이 오면 나의 아름다운 어머니는 간단한 음료와 간식을 내놓곤 혼자 외출을 했다. 그리고 아침까지 돌아오지 않았다.

반면 집에 남은 나는 손님들의 이런저런 편의를 도왔다. 나는 그들의 게임을 보는 데 꽤 흥미를 느꼈기 때문에 금방 게임의 룰을 익혔으나 거기에 끼어들거나 하지는 않았다. 톰 역시 어른들끼리 하는 게임을 나에게 권하지 않았는데 나는 그 이유를 게임하는 사람 모두가 담배를 피우기 때문이라고 생각했다.(평소에 담배라곤 모르던 톰도 이날만은 예외였다.) 다량의 담배를 가져오는 사람은 늘 정해져 있었다. 그건 특별히 어떤 직업을 가진 것처럼 보이지 않는 키가 작은 한 남자였다. 그는 자주 호탕하게 웃음을 터뜨리다 갑자기 입을 꾹 다물어 버리는 습관이 있어 나는 늘 그로부터 거리를 두고 앉았다. 물론 남자의 그런 특징과 나의 경계는 점차 느슨하고 화기애애해져 가는 분위기 속에 금방 묻혀버리곤 했다.

시간이 흐를수록 손님들은 술에 취한 양 눈이 풀리고, 평소라면 하지 못할 엉뚱한 행동을 보였다. 나는 그것이 그다지 싫지 않았다. 톰이 우렁찬 소리로 노래를 부르기도 하고 늘 조용하던 누군가는 돌연 달변가가 되었다. 무엇보다 다들 무엇이 그렇게 좋은지 웃음을 멈추지 못했다. 나중엔 서로 얼굴만 봐도 웃음이 터져 나오는 모양이었다.

나는 내내 별 참여 없이 그들을 지켜보기만 하면서도 달리 지루하다고 생각지 않았다. 나는 형언할 수 없는 뭔가가 그들 사이에 피었다 사라지는 걸 보는 게 좋았다. 기이했지만 거기엔 어디서도 본 적 없는 자유로움과 무한한 가능성이 있었다. 마치 기나긴 시간을 램프 속에 갇혀 있던 지니가 마법처럼 눈앞에 나타난 것 같았다.(아마 나는 거짓말 같은 환상을 목도하길 즐기는 좀 특이한 아이였던 것 같다.)

그렇게 한동안 나름대로 소란을 피우고 나면 조금씩 분위기가 소강상태에 이르러 한 명씩 자리를 떠나기 시작했다.

어떤 이는 집으로 돌아갔고 어떤 이는 거실 한편에 자리를 잡고 그냥 누웠다. 나는 자리에서 일어나 집 앞 놀이터로 나갔다. 그리고 흔들리는 그네에 앉아 톰을 기다렸다. 나는 그것이 언제이건 반드시 톰이 나를 찾으러 올 것을 알고 있었다. 그리고 실제 톰은 언제나 나를 데리러 왔다. 나는 매번 톰이 곧장 잠들지 않고 나를 찾으러 왔다는 게 견딜 수 없이 기뻤다.

나를 발견한 톰은 나처럼 자신의 몸을 그네에 맡기고 한동안 말없이 있었다. 나는 우리 사이에 흐르는 이 침묵마저 좋았다. 사실 속으론 톰이 할 말이 너무 많아 고르지 못하고 있다고 생각했다. 내겐 기꺼운 침묵이었다.

결국 그는 갑자기 알아들을 수 없는 노래를 부르며 발을 앞뒤로 구르고 길게 그네를 탔다. 나는 그네가 고장 날까 겁이 났지만 톰에게 그런 건 안중에도 없었다. 그러다 더 이상 안 되겠다 싶은 순간이 오면 나는 자리에서 일어나 성난 시늉으로 외쳤다.

"그네 다 망가지겠어!"

그러면 톰은 웃음을 터뜨리며 천천히 그네에서 내려왔다. 그리고 그 크고 다정한 손을 내게 내밀었다. 그러니까 언제나 그런 식으로 우리는 함께 집으로 돌아왔다. 조금 소란스럽고, 이상한 파티의 끝은 늘 그랬다.

그래서 나의 기억 속 '그들의' 밤은 아무도 다치거나 상처받지 않는, 매끄럽고 유쾌한 시간으로 남아 있다.

*

결국 나는 진료 몇 개를 취소하고 일찍 병원을 나섰다. 송 간호사가 걱정 어린 눈으로 나를 봤지만 나는 끝내 어떤 부탁도 하지 못했다. 나는 어쩔 줄 모르는 표정을 지으며 병원을 나왔다. 그리고 곧, 치과 앞이었다.

'안아픈치과'

내 얼굴은 돌처럼 굳어 있었다. 누구나 한 번쯤 웃어넘길 이름이 내겐 대법원 입구에 새겨진 글보다 더 엄중해 보였다. 돌아보니 겁에 질린 소년이 내 뒤에서 발을 동동거리며 떨고 있었다. 어쨌든 나는 건물 안으로 들어갔고, 그 뒤론 한참을 유리로 된 자동문 앞에 서 있었다. 얼마 뒤 예닐곱쯤 된 아이와 아이 엄마가 나를 지나쳐 유리문 안으로 들어갔다. 그제야 나는 크게 호흡을 하고 주춤주춤 안으로 발을 디뎠다. 소년은 자리를 뜨지 않았다.

데스크에는 핑크색 유니폼을 입은 두 명의 간호사가 있었다.

"처음이신가요?"

얼굴이 갸름한 간호사가 물었다.

"아, 아뇨. 그러니깐, 처음은 아니고……."

"그러면 생년월일과 성함이?"

간호사는 컴퓨터 화면으로 시선을 옮기고 물었다. 그제야 나는 내가 엉뚱한 대답을 했다는 걸 알았다.

"아니, 처음, 처음 맞아요. 안아픈치과는 처음, 처음이에요."

나도 모르게 자꾸 처음이란 단어가 튀어나왔다. 간호사는 애매하지만 친절한 미소를 띤 채 펜과 초진 서류를 내밀었다.

"동그라미 친 부분을 작성해주시면 돼요."

나는 고개를 끄덕였으나 너무 긴장한 나머지 모든 빈칸을 꼼꼼히 채워 간호사에게 건넸다. 그리곤 대기실 구석 자리로 가 앉았다. 먼저 들어온 아이가 뭔가 신기한 걸 보는 양 나를 쳐다보았다. 나는 최대한 아이와 눈이 마주치지 않도록 주의하며 시선을 돌렸다. 그리고 천천히 병원 내부를 살폈다.

전체적인 인테리어가 핑크와 크림, 에메랄드 같은 파스텔톤으로 꾸며져 있어 마치 달콤한 아이스크림 안에 들어와 있는 기분이 들었다. 치과라면 떠오를 살벌함이라곤 전혀 느껴지지 않았다.

나는 멘토정신과의 인테리어에 대해 생각했다. 여기에 비하면 멘토정신과는 정말이지 재미없는 곳이었다. 어째서 좀 더 세심히 실내를 구성하지 못했는지 몰랐다.

내 시선이 다시 간호사의 유니폼으로 향했을 때 나는 아직도 아이가 나를 쳐다보고 있는 걸 알아차렸다. 나는 도로 시선을 옮겨 소파 뒤에 늘어선 선반을 바라봤다.

선반 위엔 여러 소품이 있었는데, 재밌게도 그 중엔 만화 캐릭터와 장난감 로봇 같은 것도 있었다. 어느새 자리에서 일어난 아이가 선반으로 다가가 마징가제트를 집어 들었다. 그 크기가 성인 남자의 팔뚝만 했는데 개중 가장 우람하고 견고해 보이는 모형이었다. 군데군데 세월의 흔적이 엿보이는 게 오히려 더 특별한 물건처럼 보였다. 무엇보다 등에 날개가 달려있어 언제고 힘차게 허공으로 날아오를 것 같았다.

실제 로봇은 날아오르지 않았지만 이내 아이의 손에서 요란스럽게 움직이기 시작했다. 아이는 입으로 각양각색의 음향 효과를 냈다. 단지 로봇 하나를 손에 쥐었을 뿐인데 아이는 마치 다른 생명체가 된 양 힘이 넘쳤다. 아이 엄마는 인상을 쓰며 아이를 조용히 시키려 했지만 전혀 소용이 없었다.

대기실에는 우리 외에 아흔에 가까워 보이는 노인이 있었다. 그는 이 소음 속에서 별 감흥 없는 얼굴로 한편에 앉아 있었다. 곧 한 젊은 남자가 치료실에서 나왔고 간호사가 노인의 이름을 불렀다. 나는 대기실을 지나 치료실로 들어서는 노인의 석상 같은 얼굴을 살폈다. 무슨 생각을 하는 걸까, 궁금해지는 얼굴이었다.

그리고 얼마 뒤였다. 쇠붙이가 내는 불쾌하기 짝이 없는 소리가 치료실로부터 들려왔다. 좀처럼 견디기 힘든 소리였다. 어느새 아이 입에서 터져 나오던 음향 효과도 멈춰 있었다. 아이는 모든 동작을 멈춘 채 멍하니 치료실 쪽을 바라봤다. 그 사이, 아이 엄마가 재빨리 마징가제트를 낚아챘다. 불시에 일어난 일이었다. 자신의 빈손을 확인한 아이의 얼굴이 잠시 씰룩거리더니, 치과가 떠나갈

듯 엄청난 울음소리가 터져 나왔다. 두려움과 실망이 합쳐진, 발작 같은 소리였다. 간호사가 난처한 얼굴로 달려왔다.

"가지고 놀게 두셔도 돼요. 어차피 어린이용이니까요."

아이 엄마는 못내 작게 웃어 보이며 아이에게 로봇을 돌려주었다. 조용히 놀아야 돼. 엄마가 주의를 주었지만 마징가제트가 지구를 지키는 방식은 조용할 수 없었다.

대기실은 다시 요란해졌다.

마징가 제트가 악의 무리와 수많은 전투를 치르는 동안, 치료실에선 날카롭고 예리한 도구가 쑤시고 깎아대는 소리가 들려왔다. 마치 갖가지 연장들이 희열에 찬 비명을 질러대는 것 같았다. 하지만 노인은 조용했다. 노인의 상태가 한창 걱정될 무렵, 부쩍 핼쑥해진 노인이 느린 걸음으로 치료실에서 나왔다. 그는 다음 진료 예약을 잡았다. 얼굴은 당장에라도 쓰러질 사람처럼 핏기가 없었지만 목소리는 멀쩡했다. 간호사가 아이를 불렀다.

"김연수 어린이, 들어오세요."

마징가제트를 팔에 끼고 치료실로 들어서는 아이의 모습을 보며 나는 속으로 민형기 어린이, 민형기 어린이, 하고 중얼거렸다. 왠지 어감이 나쁘지 않았다.

나는 자리에서 일어나 대기실 선반에 놓인 메칸더브이를 집어 자리로 돌아왔다. 마징가제트만큼이나 때가 탄 메칸더브이는 내 팔뚝보다 조금 작았다. 나는 이 건장하고 유치한 물건을 가만히 내려다보았다. 그러자 왠지 몸속 어디에서 뜨거운 뭔가가 솟구치는 느낌이 들었다. 마치, 모든 악에 대항해 지구를 지킬 수 있을 것 같은 기분이었다.

나는 어느새 작은 소리로 메칸더브이의 주제곡을 흥얼거리고 있었다.

"메칸더, 메칸더, 메칸더 브이! 랄라랄라 랄라랄라 공격개시! 메칸더, 메칸더, 메칸더 브이! 랄라라랄라 랄라랄라 메칸더!"

아무래도 주제가는 메칸더브이보다 마징가제트가 낫다는 생각을 하던 참이었다. 메스로 하늘을 째는 소리가 치과 안에 울려 퍼졌다. 놀란 나머지 나는 메칸더브이를 바닥에 떨어뜨리고 말았다. 아이의 비명이 칼날이 되어 나의 심장에 날아들었다.

나는 발밑에 떨어진 메칸더브이를 멍하니 바라봤다. 다행히 모형은 멀쩡했다.

"민형기 님, 들어오세요."

간호사의 부름에 손가락과 발가락이 움츠러들었다. 나는 자리에서 일어나 메칸더브이를 원래 자리에 가져다 놓고 숨을 죽인 채 치료실로 들어갔다.

치료실은 대기실과 달리 새하얬다.

유일하게 연갈색 빛의 진료대가 적당한 간격으로 놓여 있고 그 옆에는 섬뜩한 시술 기구들이 가지런히 놓여 있었다. 아이는 맨 오른쪽 진료대에 앉아 있었는데 한쪽 팔에는 아직도 마징가제트가 단단히 안겨 있었다. 아이의 오른편에는 아이 엄마가, 그 반대편엔 앳된 치위생사와 손에 기구를 든 의사가 있었다. 흰 가운과 마스크를 쓴 의사는 진료실 내부의 한 부품처럼 보였다.

"이쪽에 앉으시면 돼요."

내 이름을 불렀던 간호사가 아이의 옆자리를 가리켰다. 나는 진료대에 오르기 전 신발을 벗어야 할지 고민하다 아이의 벗은 발을 보고 결국 신발을 벗었다.

아이 엄마는 아이의 손을 잡고 아이를 어르고 있었다. 아이는 내내 훌쩍였다. 치료에 한참 골몰한 의사는 거의 아이의 입으로 들어갈 기세였는데 의사의 손에 힘이 들어가면 아이 손을 잡은 엄마의 손에도 함께 힘이 들어갔다.

마침내 자세를 곧추앉은 의사가 챙, 소리를 내며 기구를 내려놓았다.

"봐봐. 이까짓 거 아무렇지도 않아, 그치?"

엄마의 말에도 아이는 눈물을 그치지 않았다.

"김연수 어린이, 당분간 딱딱한 음식 먹으면 안 됩니다."

의사가 말했다. 딱히 무뚝뚝한 말투는 아니지만 그렇다고 어르는 소리도 아니었다. 아이는 아무 소리도 들리지 않는다는 듯 한껏 눈을 감은 채 울고 있었다.

"다 끝났어. 금방이지?"

눈은 뜬 아이는 달라 보였다.

아이 얼굴엔 또렷한 각성이 있었다. 나는 그게 정확히 무엇인지 잘 알았다. 그 잠깐 사이, 아이는 앞으로 자신의 육체와 정신이 어떻게 병들어 갈지, 그리고 어떤 공포와 통증이 자신을 괴롭힐지 모두 알게 된 것이다. 천진함을 잃은 아이의 얼굴은 더 이상 아이처럼 보이지 않았다.

치위생사가 내 곁으로 다가왔다. 머리 위로 진료등이 켜지고, 입 부분이 뻥 뚫린 초록색 천이 나의 얼굴을 덮었다. 얼굴이 덮여 있음에도 나는 진료등이 너무 밝다는 생각을 했다. 그 눈부심이 나를 더 긴장시켰다. 맥박이 빠르게 뛰었다. 속으로 마징가제트와 메칸더브이의 주제곡을 번갈아 가며 불렀는데 이젠 그중 무엇도 잘 기억나지 않았다. 그래서 어느새 알 수 없는 소리를 웅얼거리고 있었다. 일순 강한 스킨과 소독약 냄새가 훅 끼쳐왔다.

"어디가 불편하시죠?"

나는 눈을 크게 떴다. 천 때문에 앞이 제대로 보이지 않

앗지만 희미하게 의사가 나를 내려다보고 있는 모습이
보였다.

"오른쪽 어금니, 이쪽에 통증……이 있어요."

내 목소리가 어째 평상시와 다르게 들렸다. 의사가 트
레이에서 시술 기구를 집어 들었다.

"아— 하세요."

"아—."

"좀 더 크게 하셔야겠는데요."

"아아—."

의사가 기구의 뾰족한 끝으로 이빨을 톡톡 건드렸다.
날카로운 통증이 온몸으로 뻗어 나갔다. 나는 한쪽 눈을
찡그렸다.

"아프세요?"

"……네, 조금, 조금요."

이내 의사는 좀 더 안쪽을 찔렀다. 말로 표현할 수 없
는 통증이 몸을 들썩이게 했다.

"정확한 건 엑스레이를 찍어봐야 알겠지만, 육안으로

봐도 염증이 깊은 것 같군요."

의사는 자리에서 일어나 어딘가로 가버렸다. 나는 좌우로 끊임없이 눈알을 굴렸다. 염증? 그게 대체 무슨 말인가. 염증이라면 얼마든지 우리 몸에 생겼다 사라지는 흔하디흔한 증상 아닌가. 눈이 조금 빨개도, 등이 가렵거나 콧물이 나도 결국은 염증 때문이었다. 그런데 '꽤 깊은' 염증이란 또 무슨 말인가.

"이쪽으로 오세요."

치위생사가 얼굴 위의 천을 치우고 나를 엑스레이실로 데려갔다. 그녀는 촬영을 도울 딱딱한 기구를 내 입에 넣고 가더니 촬영이 끝나자 다시 돌아왔다.

내가 엑스레이실에서 나왔을 때 의사는 이미 진료대 앞에 달린 모니터를 보고 있었다. 모니터 속에는 나의 헐벗은 치아들이 고스란히 그 모습을 드러내고 있었다.

도로 진료대에 오른 나는 모니터를 보는 척 몰래 의사의 얼굴을 쳐다봤다. 마스크와 뿔테 안경을 쓴 그는 골똘하게 화면을 보며 미간에 깊은 내 천川자를 그리고 있었다. 문득 그가 자신의 안경을 손등으로 추켜올렸을 때였다. 눈앞에 섬광이 번쩍였다. 수심에 찬 저 얼굴, 뭔가 생각할 때 안경을 추켜올리는 저 손짓. 그걸 알아본 순간 정신이 아득해졌다.

김상균 환자.

나는 가까스로 그 이름을 목구멍 깊이 도로 쑤셔 넣었다. 그러니까 내 옆에 앉아 있는 의사는 바로 김상균 환자였다. 어느새 반가운 마음과 놀란 마음이 서로 엎치락뒤치락했다. 도대체 무슨 일이 일어난 건지 몰랐다. 생각해보니 김상균 환자는 자신이 어떤 일을 하는지 구체적으로 말한 적이 없었다.

한 달에 두 번, 이 년에 걸쳐 우리는 많은 얘기를 나눴지만 결국 나는 그에 대해 아는 게 거의 없었던 것이다. 그게 어떻게 가능한지 몰랐다.

"여기, 그리고 여기 보이시죠?"

김상균 환자, 아니 의사는 내 얼굴을 본 뒤에도 아무런 동요를 보이지 않았다. 그의 목소리는 침착했고 얼굴은 초연했다.

"······심각한가요?"

나는 어떻게든 평상심을 되찾으려 애를 썼지만 그런 건 지금 내게 가능치 않았다. 나는 침착할 수 없었다.

"흠, 이 정도면 심각하다고 봐야죠. 염증이 옆 치아로 옮겨간 경우예요. 잘못하면 다른 치아까지 감염될 수 있어요."

아무리 봐도 내가 보고 있는 건 성실히 자신의 진료에 임하는 의사였다. 그는 너무도 아무렇지 않았다. 그는 나를 알아보지 못한 것인가. 아니면, 알아봤는데 내색할 필요를 느끼지 못하는 것인가.

이 상황이 황당한 내가 이상한 건지도 모른다는 생각이 들었다. 김상균 환자는 사실 의사이고, 의사인 나는 그의 환자란 사실에 오류 같은 건 존재하지 않았다. 그러니까, 나의 의사는 김상균 환자이고, 그의 환자인 나는 그를 돌보는 의사인 것이다.

"그럼······ 어떻게 해야 하나요?"

김상균 의사의 표정이 더 진지해졌다. 그는 잠시 말을 골랐다.

"아무래도……."

그가 갑자기 고개를 돌려 나를 봤다. 그리고 가만히 내 눈을 봤다. 마치 상담 때 내가 그의 눈을 들여다봤던 것처럼.

"아무래도 발치해야 할 것 같군요."

나는 초점이 흐려지는 눈으로 의사의 얼굴을 바라봤다. 그의 눈 속의 나는 당혹스러워하고 있었다.

"다시 말씀드리자면, 염증이 심하고 오래되었기 때문에 방치할 경우 상태가 악화될 수 있습니다."

나는 그의 말을 알아듣지 못하고 있었다. 얼마까지만 해도 멀쩡하던 이였다. 그걸 대체 왜 뽑는단 말인가.

"발치 후 새로 심으면 됩니다. 임플란트죠."

멍한 정신에 고개가 절로 수그러졌다. 나는 더 이상 내 옆에 앉은 이가 누구이고, 그가 무슨 말을 하는지 몰랐다.

"일단 오늘은 항생제와 진통제를 처방해드리죠. 붓기

가 좀 빠지면 다시 내원하시는 게 좋겠군요."

의사는 자리에서 일어났다. 뭔가 더 말하고 싶었지만 나는 아무 소리도 내지 못했다.

나는 일층 약국에서 약을 받아 그 자리에서 한 봉지를 먼저 삼켰다. 그리고 밖으로 나와 정처 없이 걸었다.

아내에게 전화하고 싶었다. 예전처럼. 전화를 걸어 지금 내가 얼마나 놀랐는지, 혼란스러운지, 모두 말하고 싶었다. 아내의 차분하고 다정한 목소리를 들으면 나는 단박에 평온을 되찾게 될 것이다. 하지만 언제부턴가 우리는 서로에게 그런 전화를 걸지 않았다. 걸더라도 아내에게 내가 겁쟁이에 멍청한 의사란 얘기 같은 건 할 수 없었다.

나는 걸었다. 퇴근 시간의 시끌시끌한 거리를.

한참을 걷자 한강 둔치에 다다랐다. 한강을 따라 걸으며 생각을 정리해보려 했지만 그럴수록 머리만 멍해질 뿐이었다. 나는 더 이상 정신을 차리려 노력하지 않았다.

*

밤이 되었을 때, 나는 아내의 가게 앞에 헐벗은 나무처럼 서 있었다. 나는 초라했고, 나약했다. 통증과 외로움이 나를 두렵게 하고 있었다.

창문을 통해 조명이 태양처럼 내 얼굴에 비쳤다. 아내는 자신의 그리스어 교본을 찬찬히 넘기고 있었다. 표정은 무심했다. 이따금 한 페이지에 오랫동안 시선을 고정할 때가 있었고 그럴 때면 다른 뭔가를 생각하고 있는 것처럼 보였다. 아내의 마음을 불편하게 하는 무언가.

하지만 아내는 완전히 멈추지 않고 곧 다시 페이지를 넘겼다. 가끔 입을 달싹거리기도 하는 것이 책의 내용을 작게 소리 내 읽는 것 같았다. 그 모습이 마치 기도문을 외우는 것처럼 보여 그리스어 공부가 실은 아내에게 평온을 주는 게 아닌가 싶은 생각도 들었다.

그리스.

나는 아내의 그리스와 지중해에 대한 한결같은 사랑을

생각했다. 그곳의 지리적 위치, 문화, 분위기. 그것들은 아마 아내가 경험할 수 있는 가장 이질적인 것인지도 몰랐다. 그리스에 관한 것들은 아내를 현실로부터 최대한 멀어지게 해줄 것이다. 그렇다면 결국 아내에게 필요한 건 주위로부터 그녀를 완전히 단절시킬 매개인지도 모른다.

완전한 타인이 되는 것. 그녀가 바라는 건 그런 것이리라, 생각했다. 그럼에도 그녀를 향한 나의 무한한 이해, 그건 절대적이어야 했다. 아내는 아직 내가 필요하기 때문이다. 그리스처럼 낯선 곳에 대한 그녀의 동경, 그리움을 내가 이해하지 못한다면 아내의 삶은 그대로 멈춰버릴 것이다. 나는 유리문의 손잡이를 단단히 잡고 안으로 밀쳤다.

찌르릉.

문에 달린 작은 벨이 소리를 냈지만 카페 안 누구도 내 쪽을 보진 않았다. 오직 나만이 가게 문이 너무 쉽게 열린 것에 놀라고 있었다. 도대체 언제부터 나는 아내의 가게를 나와 상관없는 곳으로 여겨왔던 것인가. 또 한 가

든 걸 가만히 끌어안고 있었다. 나는 아내와 이 소박한 공간을 다시금 둘러봤다. 이렇게 다른 모습으로 예전과 같은 일을 하고 있다니, 믿을 수 없었다.

더욱 흥미롭게도 이 가운데 나는 죽음에서야 느낄 수 있는 평화를 느끼고 있었다. 그만큼 이 공간은 어떤 최종 목적지 같은 분위기를 풍겼다. 그래서 문득, 누구도 신경 쓰지 않는 아늑한 묘지가 생각난 건 이상한 일이 아니었다.

도둑

가게를 나선 뒤, 나는 택시를 탔다. 그리고 익숙한 거리에서 내렸다. 젊은이들의 거리, 최신 유행의 메카인 거리 바로 뒤편에는 '오래된 것'들을 위한 거리가 있다. 아내와 자주 찾던 그 거리엔 오래된 가구를 파는 가게가 있고, 오래된 책을 파는 가게도 있다.

가게 주인은 대부분 나이가 많았지만 가끔 젊은 직원을 두기도 했다. 그러니까 지금 나는 한 젊은 점원이 일하고 있는 오래된 가게 앞을 얼빠진 모습으로 서성이는 중이었다. 가게 이름은 비지스 Bee Gees. 각종 LP를 파는 이 가게엔 수려한 외모 때문에 남보다 모자란 데가 있을 것 같은 마르크가 일하고 있었다. 몇 년 전 아내와 마르크가 처음으로 만난 곳도 바로 이곳이었다.(당시 마르크는 가게 직원이 아닌 우리와 같은 단골손님이었다.)

이곳에 오면 매번 많은 상념이 일었다. 요즘 세상에 턴테이블에 거추장스러운 음반을 올려놓는 사람들이 있다니, 놀라웠다. 하지만 가게는 몇십 년째 꾸준히 유지되어 왔고, 요즘은 레트로 열풍을 타고 오히려 호황을 누리고 있었다. 아내와 같은 취미를 가진 사람이 꽤 많다는 의미였다.

조금 번거롭고 오래된 것. 시간에 의해 그 가치가 덧새겨진 물건을 알아보는 사람이 늘어 가고 있었다. 일종의 향수고, 일종의 특권의식이었다.

이유야 어찌 됐건 오래된 것에 대한 취향과 잘생긴 그리스 청년의 만남은 일종의 시너지 효과를 만들어 냈다. 오늘만 해도 몇몇 여자들이 상기된 얼굴로 빼곡히 진열

167

도둑

된 LP들 속을 정처 없이 헤매고 있었다.

나는 한참을 망설이다 결국 맞은 편에 있는 카페에 들어가 창가 자리를 잡고 앉았다.

주문한 라떼가 나오자 우선 약통을 꺼내 몇 알을 삼켰다. 구름이 잔뜩 낀 밤하늘이 나를 내려다보고 있었다.

나는 약 기운이 퍼지길 기다리며 마르코가 보이는 창 너머를 주시했다. 마침 대학생처럼 보이는 여자가 그에게 말을 걸고 있었는데 얼핏 봐도 오갈 데 없는 대화처럼 보였다. 일부러 말을 걸기 위해 구하기 어려운 LP 따위에 대해 묻는 것 같았다. 마르코가 간신히 뭐라 대답을 하자 여자는 다시 질문을 던졌다. 마르코의 표정은 상냥했지만 거기엔 기본적인 친절 그 이상은 없었다. 나는 마르코가 여자들에게 과잉 친절을 베푸는 헤픈 남자이길 기대했으나 아무리 봐도 그런 쪽은 아니었다. 그저 좀 바보처럼 명랑할 뿐, 그는 의외로 '품행 단정'한 직원이었다.

여자가 가고, 다른 여자가 계산대에 와서도 마르코의 반응은 같았다. 이번 손님은 좀 더 조심스러웠지만, 마찬가지로 어딘가 많이 부자연스러운 데가 있었다.

나는 커피숍을 나와 도로 비지스 앞에 섰다.

입구에서 잠시 망설이다 이내 아무렇지 않은 척 가게 안으로 들어섰다. 왠지 나쁜 짓을 할 때처럼 가슴이 두방망이질 쳤다. 그렇다고 이제 와 돌아설 생각은 없었다. 나는 평범한 손님처럼 가게를 천천히 둘러보았다. 가게 안엔 LP 특유의 간질간질한 잡음 섞인 음악이 흐르고 있었는데 몽환적인 음색의 목소리가 달콤한 리듬에 실려 있었다.

마르코는 뭔가를 읽는지 카운터에서 꼼짝을 않고 앉아 있었다. 내 쪽은 보지도 않았다. 그가 내 쪽을 전혀 의식하지 않았기에 나는 적당한 거리에서 찬찬히 마르코를 살폈다. 같은 남자지만 아무리 봐도 그의 모습에서 눈을 떼기란 쉽지 않았다. 가볍게 물결치는 금발과 보드라운 속눈썹이 조각 같은 얼굴에 사랑스러운 기품을 더했다. 거기엔 화려함이나 미모와는 다른 종류의 아름다움이 있었다. 그건 그리스라는 나라에서 자생된 완벽한 균형미에 가까웠다.

이제 나는 마르코와 얼마 떨어지지 않는 곳에서 음반을 살피는 시늉을 했다. 나는 내가 이렇게 끈질기게 그의 곁을 맴도는 이유를 생각했지만 결론은 끝내 모르겠다, 였다. 대체 이런 스토킹으로 뭘 어쩌려는지 몰랐다.

"여기 70년대 영국 음반도 따로 분류되어 있나요?"

아까 실컷 마르코에게 질문을 퍼붓던 여자였다. 마르코는 고개를 들었지만 여전히 내 쪽엔 관심을 두지 않았다. 그는 읽던 책을 놓고 자리에서 일어났다.

"이쪽으로 오겠어요?"

그는 조금 어눌한 한국어로 말했다. 그리고 나를 지나쳐 여자와 함께 가게 맨 끝으로 갔다. 그새 나는 천천히 카운터로 다가가 마르코가 앉아 있던 자리를 살폈다. 나도 내가 뭘 어쩌려는지 몰랐다. 하지만 다음 순간 마르크의 자리에서 발견한 건 나의 이 모든 행동을 합리화하고도 남는 것이었다. 카운터엔 내가 절대 보고 싶지 않은 것이 있었다. 왜 하필 그것이, 그것도 지금 내 눈에 들어왔는지 이해할 수 없었다.

'백삼 세가 되니 알게 된 것들.'

나는 착각하지 않았다. 이건 나의 양부가 아내에게 건 넨 책이었다. 내 기억 그대로 표지엔 아련한 눈빛의 여류 화가가 있었다. 그걸 보자 눈앞이 번뜩이고 입술 끝이 이 상하게 말렸다.

어째서?

물을 사람이 없었기에 나는 나에게 물었다. 물론 나는 안다. 마르코가 일본에서 공부한 적이 있고 아내와 나, 그 리고 마르코 중 일어 원서를 읽을 줄 아는 사람은 마르코 뿐이란 걸. 아내가 마르코에게 도움을 요한 건 무리가 아 닐지 모른다. 적어도 마르코는 아내의 소울메이트가 아닌 가. 그러나 지금 내 앞에 보이는 건 그냥 평범한 책이 아 니었다. 양아버지에게 건네받은 이 책을 한동안 아내는 마치 자신의 분신처럼 애지중지했다. 내 눈에 이 책은 아 내 그 자체였다. 그녀 다음으로 이걸 펼쳐 볼 사람이 있다 면 그건 당연히 나여야 했다.

이 논리는 나에게 더하기 빼기만큼 명백했고 때문에

내가 생각할 건 이제 단 하나뿐이었다.

무얼 할 것인가.

이 상황에서 나는 어떤 행동을 할 것인가. 나는 그 잠깐 사이 내가 할 수 있는 모든 일을 한꺼번에 떠올렸다. 그러니까 나는, 나는……. 그래, 나는 약간의 불쾌감을 느끼며 이곳을 떠날 수도 있다. 왜냐면 나는 어른이고, 심지어 인간의 정신을 공부한 의사이기 때문이다. 하지만 나는 그러지 않았다. 그건 내가 선택한 일이 아니었다.

정신을 차렸을 때, 나는 가게에서 한참이나 떨어진 사거리에 있었다. 숨이 턱까지 차올랐고, 사지가 덜덜 떨렸다. 나는 사방의 CCTV와 수많은 눈이 나를 주시하고 있다는 생각에 사로잡혀 있었다. 그리고 내 품엔 허름한 표지에 덮인 LP 한 장이 안겨 있었다. 스킵 제임스Skip James의 '데블 갓 마이 우먼'Devil Got My Woman이었다.

절도.

나는 남의 물건을 훔친 것이다. 뭐가 뭔지 모르지만 어쨌든 나는 범죄를 저질렀다. 가슴이 미친 듯 뛰었다. 정말이지 순식간에 일어난 일이었고, 한 번도 상상해 보지 않은 일이었다. 이제 분노는 두려움으로 바뀌어 있었다. 이내 나는 나를 지켜보는 한 쌍의 눈과 마주쳤다. 노인 같은 소년의 눈. 싸늘한 경멸이 담긴 그 눈은 내게 고정되어 움직일 줄을 몰랐다. 나는 쓰디쓴 낭패감을 느꼈다.

*

어둡고 차가운 거실에서 나는 아내를 기다렸다.

아내의 오래된 턴테이블에선 '데블 갓 마이 우먼'이 흘러나오고 있었다. 주정 같기도 하고 우는 것도 같은 소리. 어쩐지 내 입에서 흘러나오는 소리 같았다.

비가 내리기 시작하자 거센 바람이 창문을 때렸다. 이 요란함에 나는 약간의 쓰디쓴 안도를 느꼈다. 왠지 전 우주가 나를 위해 힘을 쓰고 있는 것 같았다. 내 마음의 모습이 그대로 세상에 드러나고 있는 기분이었다. 나는 스

173

스로 비극에 취해 아침이 올 때까지 약을 삼키고, 술을 마셨다. 잠은 오지 않았다. 아내가 돌아와 모든 것은 오해라고, 마르코에게 책을 건넨 일은 없다고, 간절한 얼굴로 거짓말을 늘어놓길 바랐다. 지금 나는 그 어느 때보다 철저히 혼자라고 느꼈다. 때문에 갈 곳 없는 수많은 감정이 내 안에 드센 세력을 갖추고 이리저리 휘몰아쳤다.

아내가 돌아왔을 때, 나는 거실 바닥에 술병과 함께 누워 있었다. 아내는 천천히 다가와 나를 내려다보았다. 조금쯤 애처롭게, 하지만 낯설다는 눈으로. 그리곤 턴테이블로 다가가 바늘 아래 겉돌고 있는 LP를 바라봤다.

나는 자리에서 일어나 아내에게 다가갔다. 착한 아이처럼, 아내 뒤에 서서 아내가 뭐라도 말하길 기다렸다. 무슨 말이든. 하지만 아내는 아무 말도 하지 않았다. 그녀는 그저 차분히 음반을 꺼내 옆에 놓인 표지에 넣었다. LP가 미끄러지듯 표지 안으로 들어갔을 때였다. 나도 모르게 아내를 껴안았다. 그러자 아내의 체취가, 믿을 수 없이 보드라운 피부가, 순식간에 내 안의 남자를 깨우고 말앗다. 나는 거칠어졌다.

"이거 놔!"

아내의 힘없고 여린 몸이 있는 힘을 다해 내 팔에 저항했다. 화가 치밀었다. 아내가 몸을 뒤틀자 나는 난폭하게 그녀를 제압했다. 사나운 폭군이 되어 아내의 겁에 질린 눈을 노려봤다.

"왜! 왜 싫은데!"

내 팔이 아내를 힘껏 흔들었고 아내의 몸이 허망하게 흔들렸다. 아내도, 나도, 더 이상 도망칠 곳은 없었다. 우리는 서로를 쏘아보았다. 분노로 점철된 나의 욕망과 경멸이 뒤섞인 아내의 두려움이 팽팽히 맞서고 있었다. 그녀도, 나도 떨고 있었다.

"말해봐! 우린 대체 뭐야?"

내가 외쳤지만 아내는 말없이 노려보기만 했다. 그 눈은 말하고 있었다. 내게 줄 대답 같은 건 없다고. 나는 아내를 산산조각내고 싶은 충동에 휩싸였다. 그렇게 해서라도 아내를 내 것으로 만들고 싶었다. 어디선지 모를 곳에서, 잔혹함이 솟았다. 하지만 아내의 눈물이 바닥에 떨어졌을 때, 내 안의 짐승은 유령처럼 사라졌고, 나는 아무 일도 없었던 듯 아내를 놓아주고 말았다.

아내는 바닥에 주저앉아 손으로 얼굴을 가렸다. 끔찍한 죄책감이 내 가슴을 짓이겼다. 나는 파괴자였고, 괴물이었다.

톰.

톰과의 관계를 어떻게 표현해야 할지 나는 아직도 알지 못한다. 하지만 아주 한때 가족란에 적을 수 있던 건 오직 톰뿐이었다. 물론 그 전엔 어머니, 어머니가 있었다. 톰을 만나기 전까지, 긴 시간 어머니와 나는 이집 저집을 전전하며 지냈다. 친척들의 집이거나 남자들의 집이었다.

나의 젊고 아름다운 어머니는 남자를 사귀는 일 외에 잘하는 게 별로 없었다. 몇 번쯤 일을 한 적도 있지만, 언제나 쉽게 그만두었다. 그런 어머니가 톰을 만난 것이다. 어머니는 톰을 아버지라 부르라 했으나 나는 그를 그냥 톰이라

불렀다.

톰은 덩치가 큰, 시원한 이목구비의 미국인이었다. 원래는 실업 야구단에 소속되어 있었는데 우리와 함께 살기 시작할 무렵 무릎에 부상을 당해 경기에 나갈 수 없게 되었다. 자연히 톰과 내가 보내는 시간은 많아졌다. 그는 틈만 나면 나를 야구경기에 데려갔다. 그리고 야구로 나에게 열정과 해학을 가르쳤다. 다행스러운 건 그가 딱 나와 얘기할 만큼의 한국어 단어를 알고 있었다는 것이다.

"톰, 이거 먹어."

나는 그에게 반말을 썼다. 그가 나의 둘도 없는 친구란 증거였다. 톰은 내게 한결같은 관심을 기울인 유일한 사람이었다. 견딜 수 없이 화가 나거나 억울한 일을 당했을 때, 찾아갈 사람이 있다는 게 나는 미칠 듯이 좋았다. 그는 늘 어눌한 한국어로 내 분을 가라앉히고 그 어색한 말투로 자신의 얘기를 해주었다.

나는 톰의 눈으로 세상을 봤다. 그는 순수하고 용감했으며 소년 같은 수줍음이 있었다. 나는 그를 편하게 여기면서도 마음 깊이 존경했던 것이다. 곧 그는 내가 꼼꼼히 살피고 열심히 흉내 낼 대상이 되었다. 나는 그가 어느 부모 못지않게 나를 돌보고 있다는 걸 알았고, 그래서 어느 날 갑자기 어머니가 우리를 떠났을 때 슬퍼하지 않았다. 오히려 어머니를 자유롭게 해준 것에 스스로 대견함을 느꼈다.

톰은 내게 '아버지'와 다름없었지만, 진짜 아버지를 가져본 적 없는 나는 아버지가 정확히 어떤 존재인지 알 방법이 없었다. 다만 내가 누구보다 톰을 필요로 했다는 것, 거기에서 아버지의 의미를 찾았다.

톰의 부상은 쉽게 회복되지 않았다. 그는 술을 마시기 시작했다. 술에 취한 톰은 말이 많고, 더 다정했기 때문에 그것이 나에게 불편을 끼치진 않았다. 하지만 술이 톰에게 좋지 않다는 걸 나는 알고 있었다. 톰은 쇠약해져갔고 결국 구단과의 재계약은 이뤄지지 않았다.

그때부터 나는 톰의 얼굴에서 전에 없던 슬픔을 보았다. 얼마 뒤 톰은 말했다.

"너에겐 진짜 부모가 필요해."

진짜 부모. 그것이 무엇인지 나는 잘 몰랐다. 분명한 건 내게 톰이 아닌 다른 누군가가 필요치 않다는 것이었다. 그러나 불행히 톰은 더 이상 나를 보살필 수 없었다. 그는 아팠고, 다른 나라에 뿌리를 둔 외국인이었다.

결국 톰의 비자는 갱신되지 않았다. 그는 자신의 고향으로 돌아가야 한다고 했다.

"나도 데리고 가요."

그때 나는 처음으로 톰에게 부탁을 했던 것 같다. 그렇게 절실했던 적이 이제껏 내겐 없었다. 나를 바라보는 톰의 파란 눈이 너무 슬퍼 보였다. 그는 언젠가 다시 오겠다고 했지만 나는 그것이 그가 나에게 처음으로 한 거짓말이란 걸 알았다.

얼마 뒤 초로의 부부가 나를 찾아왔다. 온화한 표정에, 말수가 적은 부부였다. 그들이 바로 톰이 말한 나의 '진짜 부모'였다.

"네가 형기구나?"

나의 새어머니가 말했다. 그녀는 적당히 풍채가 있는 여인이었다. 톰은 나에게 격려하는 미소를 보냈다. 나는 착한 아이였고, 때문에 바로 그들을 따라나서야 한다는 걸 알았다.

나는 얼떨떨한 상태에서 짐을 챙겼다. 톰은 나머지 짐을 부쳐주겠다고 했다. 그리고 떠나기 전 만나러 오겠다고 했다. 며칠 뒤 그는 내 짐을 잘 정돈된 상태로 보내주었지만 나를 만나러 오지는 않았다.

그래도 나는 톰을 기다렸다. 언젠가 불쑥, 그렇게 나를 찾아올 거라고, 나는 믿었다.

시간은 흘렀다. 나는 하루가 다르게 키가 자라고 성숙해졌지만, 속으론 늘 톰의 작은 아이로 머물기를 원했다. 그러다 어느 날, 학교에서 돌아오는 길이었다. 나는 이상한 기분에 문득 하늘을 올려다보았고, 그때 알게 되었다. 톰이 더 이상 이 세상에 존재하지 않음을.

*

그날 이후, 아내와 나 사이 모든 게 달라졌지만 사실은 달라진 게 없었다. 아내와 나의 일상에 변화라곤 일어나지 않았다. 그것이 무엇보다 나를 두렵게 만들었다. 아내는 여전히 아침이 되면 집으로 돌아왔고 나는 아침에 출근을 했다. 우리는 서로 마주 앉아 식사를 하고 늘 그랬듯 저녁에는 함께 티브이를 봤다. 다만 아내는 가끔씩 불규칙적인 숨소리를 냈다.

나는 이름 모를 절망감에 빠졌다.

내가 망쳐놓은 이 관계. 내 힘으론 어쩔 수 없는 이 관계가 나를 한없이 무력하게 했다.

한동안 아내는 마르코와 연락하지 않는 눈치였다. 그래서인지 어느 때보다 외로워 보였다. 여전히 낮에는 방에서 그림을 그리며 시간을 보냈는데, 제대로 그림이 완성될 기미는 없어 보였다. 아내는 스케치를 하고 지우기를 반복하다 칠이 들어간 그림을 치워두고 다시 스케치를 했다.

일요일 오후가 되자 우리는 여느 때처럼 차를 타고 수영장으로 향했다. 누구도 입을 열지 않았기에 차 안은 조용했다. 하지만 아내의 옆모습이 내내 쓸쓸해 보여 나는 운전에 집중하지 못했다. 결국 수영장에 도착하기 전 나는 두 번이나 급브레이크를 밟아야 했다.

아내는 다시 예전의 감색 수영복을 입었다. 그것이 그녀를 도로 마르고 연약하게 보이게 했다. 전보다 더 수척해 보이는 게 살이 더 빠진 것 같았다. 옆 레인의 강사는 더 이상 아내에게 시선을 두지 않았고 그것이 왠지 나의 분을 샀다. 더 이상 반짝이지 않는 아내를 보고 있는 건 힘이 들었다.

오늘은 처음으로 킥보드 없이 수영을 하는 날이었다. 다들 조금씩 긴장한 가운데 아내는 눈에 띄게 의기소침해 있었다. 때문에 앞으로 나아가다 자꾸만 멈춰 섰고, 앞사람과 일정 간격을 유지하지 못했다. 아내는 어느 때보다

물을 두려워하고 있었다.

아무리 모른 척해도 '그날' 이후 아내는 하늘 아래 완전히 혼자처럼 보였다.

어느 순간 눈시울이 뜨거워졌다. 나 자신이 너무나 창피했다. 아무래도 더 이상 아내를 지켜낼 자신이 없었다. 나는 자리에서 일어나 화장실로 달려갔다. 다행히 화장실엔 아무도 없었다. 나는 세면대 앞에 서서 아이처럼 울먹이기 시작했다. 거울 속 얼굴은 눈물 자국으로 점점 더 엉망이 되어갔다.

화장실에서 나왔을 때, 내 자리에 아내가 앉아 있는 게 보였다. 채 말리지 못한 머리를 한 채, 아내는 부모 잃은 아이처럼 주위를 두리번거리고 있었다.

"어떻게 된 거야?"

나를 본 아내는 대답 대신 어깨를 으쓱해 보였다. 끝이 약간 고불거리는 아내의 머리에 물방울이 방울방울 맺혀 있었다. 유리 너머로 기초반 수강생들이 구령에 맞춰 팔을 젓는 게 보였다. 내가 비운 시간이 아내에겐 너무 길었는지 모른다.

돌아가는 길, 나는 자주 가던 카페에 들러 핫초코를 사서 나왔다. 핫초코를 손에 든 아내는 조금쯤 안정되어 보였다.

아침 식사 때였다.

"며칠간 남해에 다녀오려고."

그렇게 말하곤 아내는 샐러드를 포크로 찍어 입에 넣었다. 그녀의 목소리엔 힘이 없었지만 거기엔 조심스러운 마음도 없었다.

나는 아무 말도 하지 않았다. 사실 나는 겁에 질렸다. 아내는 자유분방하지만 한 번도 나를 두고 여행을 간 적은 없었다. 나는 난생처음 아내가 나를 떠날지도 모른다는 두려움에 사로잡혔다.

"기분 전환이 될 거 같아. 이해하지?"

아내는 물끄러미 내 얼굴을 바라봤다. 나는 손으로 집요하게 토스트의 가장자리를 뜯어내고 있었다.

"이해해."

나는 고개를 들지 않고 말했다.

"마르코랑 가게 될 거야."

아내의 목소리가 그 어느 때보다 부드러워 나는 울고
싶어졌다.

"그래."

"가게는 신경 쓰지 않아도 돼."

나는 내가 울고 있다고 생각했지만 아내의 얼굴이 옅
은 웃음을 띠고 있어 그녀가 아무것도 모르고 있다는 걸
깨달았다. 그녀의 E.S.P.에도 불구하고 아내는 내가 어떤
마음으로 지내는지, 그녀를 얼마나 필요로 하는지, 전혀
몰랐다. 이렇게 가까이 서로 마주 보고 있는데, 그런 게
어떻게 가능한지 나는 몰랐다.

나는 한없는 무력감을 느꼈지만 결국 차분하고 온화한
웃음으로 내 슬픔을, 절망을 표현했다.

나는 약을 종류별로 삼키고 집을 나섰다.

더 이상 뭐가 어떻게 된 건지 알 수 없었다. 확실한 건 많은 것이 모래성처럼 빠르게 무너져 내리고 있다는 것이었다.

'멘토정신과'의 앞날도 점점 더 불투명해졌다. 이미 환자의 수가 눈에 띄게 줄어 있었다. 이대로라면 개원으로 생긴 대출의 이자를 갚기도 빠듯한 상황이었다. 나는 곤욕스러운 얼굴을 한 채 한동안 병원 주차장에서 머뭇거렸다. 이 상태로 진료를 볼 자신이 없었다. 하지만 다른 방법 같은 게 있을 리 없었다.

진료실에 들어와 앉자 기분이 조금 나아진 것도 같았다. 그렇지만 오늘도 나는 좋은 의사가 될 수 없었다. 환자가 울음을 터뜨리면 왠지 눈물이 날 것 같았고, 환자의 궤변을 듣다 나도 몰래 웃음을 흘리기도 했다. 나는 평정심을 찾지 못했다. 그러다 결국 한 환자 앞에서 구역질을 하고 말았다. 나는 입을 막고 화장실로 달려갔다. 진료실로 돌아왔을 때 환자는 가고 없었다.

"나중에 다시 오겠다고 했어요, 황기환 환자."

송 간호사가 진료실 문을 열고 말했다.

"괜찮으신 거죠?"

나는 대답 대신 힘겹게 웃어 보였다.

오늘은 평상시보다 한 시간 일찍 병원을 나섰다. 발치가 예약된 날이었다. 하지만 딱히 두렵진 않았다. 이유는 몰랐다. 적어도 대담함이나 용기의 일종은 아니었다. 그보단 나 자신을 보호하고 존속하려는 의지의 상실에 가까웠다. 의지 같은 것이 사라지고, 그저 정해진 일정을 따르려는 습성만이 남아 있는 기분이었다. 나는 예정된 시간에 맞춰 안아픈치과에 도착했다.

대기실에 앉아 있자 간호사가 내 이름을 불렀고, 나는 곧 진료대에 누웠다. 진료등이 눈을 부시게 했지만 눈을 감지는 않았다. 눈이 좀 아프다고, 그게 뭐 어떻단 말인가. 김상균 의사가 치위생사와 함께 나타날 때까지 나는 미동도 않고 있었다. 곧장 마취 주사를 맞고, 얼마 뒤 발치가 시작되었다. 긴 니퍼를 닮은 기구가 내 입으로 두 번

들어갔다가 나왔을 뿐인데 그것으로 나는 치아 둘을 잃었다. 통증은 없었다. 다만 지혈을 위해 거즈를 물었을 때 말로 표현할 수 없는 허전함을 느꼈다.

"잇몸이 아물면 다시 내원하시면 됩니다."

의사는 이번에도 항생제와 진통제를 처방해주었다.

허전함은 곧 공허감이 되었다.

밥을 먹을 때, 이빨을 닦을 때, 나는 사라진 두 개의 치아를 생각하며 커다란 상실감을 느꼈다. 하지만 그뿐이었고 그것이 내 생활을 어떻게 하진 않았다. 나는 여전히 하루 세끼를 챙겨 먹었으며 밤이 얼마나 길던 아침이면 출근을 했다.

허전하다고, 마음이 공허하다고, 삶이 중단되지는 않았다.

그저 웃음일 뿐

내 머릿속엔 대략 한 가지 생각뿐이었다.

아내의 출발이 일주일 뒤라는 것.

계획을 세워야 했다. 아내가 없는 사이, 무엇을 할 것인가. 하루 중 아내와 보내는 시간이 길진 않지만, 그녀가 없는 일상을 상상해 본 적은 없었다. 생각건대, 아마 나는 대부분의 시간을 약에 취해 보낼 것이다. 하지만 혼자 있는 시간이 길어지는 만큼 소년과 대화를 나눌 준비를 해야 했다. 언제까지고 소년을 무시할 수는 없는 노릇이었다. 아닌 게 아니라 요즘 소년은 부쩍 불안해 보이는 게 쉴 새 없이 손발을 움직이며 내 주위를 왔다 갔다 했다.

물론 나는 여느 때보다 많이, 죽음을 생각했다. 그런 생각은 나를 슬쩍 흥분시키고 들뜨게 했다. 그러니까 나는 죽음을 모두에게 하나씩 주어지는 선물쯤으로 여기고 있는 게 분명했다. 하지만 죽음이 가진 맹점은 그것이 단 한 번만 찾아온다는 것. 그걸로 끝이라는 것이다. 그 이후로 또 다른 죽음이 주어지지 않는다는 사실이 무엇보다 나를 두렵게 했다.(그런 이유로 아마 난 끝내 스스로 죽음을 택하진 못할 것이다.)

나는 오랜만에 클라이밍 센터에 들렀다. 그사이 꽤 많은 시간이 지났기 때문에 클라이밍에 대한 감은 거의 잊히고 없었다. 게다가 집중력도 엉망이었다. 홀드를 잡다 몇 번이나 바닥으로 추락하기를 반복했고 한 번은 세계 홀드에 머리를 찧기도 했다.

"몸의 중심! 중심을 잃으면 모든 게 꽝입니다! 기억하세요!"

코치가 반복해 외쳤다. 그러니까 나는 그 '중심'을 찾아야 했다. 내가 한참 전에 잃어버린 그것. 벽에 붙어 좌충우돌하던 나는 결국 시간을 다 채우지 못하고 벽에서 내려왔다.

집으로 돌아가는 길, 나는 편의점에서 소주를 두 병 샀다. 어느새 밤마다 알코올과 함께 약을 넘기는 게 습관이 되어버렸다.

불면의 밤이었다.

끝내 잠이 들지 못한 나는 옷장 속에 숨겨둔 로프를 꺼냈다. 로프는 어둠 속에서 매번 낯선 빛을 발했고 그 때문에 하나의 살아 있는 생명체처럼 보였다. 의지가 있고 자기만의 선호가 있는.

나는 몇 번이고 로프를 세게 잡아당겼다. 그럴 때면 날카로운 희열이 온몸으로 뻗어 나갔다.

*

퇴근을 앞두고 송 간호사가 진료실 문을 두드렸다.

"원장님, 어떤 남자분이 요 앞 일리아나에서 좀 뵙자고 하고 갔어요."

일리아나는 카페였다. 나를 만나고 싶어 하는 남자. 여럿이 한꺼번에 떠올랐다.

"알겠어요. 고마워요."

인상착의를 물으려다 그러지 않았다. 본능적으로 꼭 만나야 할 사람이란 생각이 들었다.

나는 송 간호사에게 마무리를 부탁하고 병원을 나섰다. 마침 일리아나엔 손님이 단 한 명이었다. 흰 머리가 절반쯤 섞인 남자. 남자는 잔 옆에 놓인 자신의 깍지 낀 손을 내려다보고 있었다. 나와 눈이 마주친 뒤, 그는 천천히 자리에서 일어났다. 나는 그의 말쑥한 차림을 보았다.

"민형기 씨?"

나도 모르게 꾸벅 인사부터 했다. 남자는 말간 표정으

로 내게 웃어 보였다. 어딘지 기분이 묘해지는 얼굴이었다.

"저 김태승이라고 합니다. 준희 아비되는 사람이요."

아.

나는 할 말을 찾지 못했다. 아내의 친부. 아내는 늘 그에 대해 얘기하길 꺼렸다. 나는 그를 따라 어색할 정도로 느리게 자리에 앉았다.

"당황했겠죠. 준희가 얘기했는지 모르겠습니다. 아비라고 다 아비 자격이 있는 건 아니니까요."

그에 대해 내가 아는 건 거의 없었다. 다만 아내는 마치 말실수처럼, 아버지가 종교인이라며 얼버무린 적이 있었다.

"일 때문에 몇 년간 한국에 와 있었어요. 그사이 한 번씩 준희를 찾아갔는데, 아마 그 얘기도 안 했겠죠."

내가 아는 건 정말 아무것도 없었다.

"그래도 좋은 사람 만나 결혼해 산다는 게 늘 다행이라 생각했습니다."

남자는 한 마디 한 마디 차분히 말을 꺼냈다.

"내일 다시 미국으로 돌아갑니다. 이번엔 준희가 만나 주질 않더군요. 그래서 왔어요. 어떤 사람인지 얼굴이라 도 한번 보고 싶어서요."

남자의 맑은 눈이 가만히 나를 응시했다. 친절한 눈이 었지만 그 안엔 쉽게 넘겨짚지 못할 준엄함이 있었다. 아 내와 많이 닮았다는 생각이 들었다.

내가 뭔가 말하길 기대한다는 걸 알았지만, 나는 그에 게 해줄 말이 없었다. 남자가 다시 천천히 입을 열었다.

"딱히 묻고 싶은 게 있는 건 아니고, 그냥 부탁이라 면……."

남자의 목소리가 자신감을 잃어갔다.

"……외롭게 자란 아이입니다. 어딜 가든 겉돌고, 늘 이방인처럼 살았을 거예요. 저 대신, 뿌리가 되어주었으 면 합니다."

남자의 눈시울이 붉어졌다.

네. 나는 대답했다. 그것이 내가 이 자리에서 말할 수 있는 전부였다. 그 이상 뭐라고 하기엔 나는 너무도 아는 게 없었다. 다만 나는 언젠가 우리 중 누군가 세상을 떠나면, 서로의 장례식에 참석할 수 있을까, 하는 엉뚱한 생각을 했다.

남자는 곧 악수를 하며 자리에서 일어났다. 부드럽고 단단한 손이었다. 그와 헤어지고 나서야 나는 남자와 연락처도 교환하지 못했다는 사실을 깨달았다.

나는 아내에게 '장인어른'을 만났다는 얘기를 꺼내지 않았다. 그 오랜 시간 아내가 일부러 하지 않은 얘기를 이제 와 꺼낼 필요는 없었다. 대신 나는 남자가 한 얘기를 되새기며 내게 되물었다. 내가 과연 아내의 '단단한 뿌리'가 되어줄 수 있는지. 나는 생각하고 또 생각했다.

"나 여행 취소했어."

여행 당일, 전화로 아내는 아무렇지 않게 말했다. 벌써 오후였다. 나는 아내가 이미 출발했으리라 생각하고 있었다.

"······그래? 알았어."

나는 머리가 뒤죽박죽된 채 전화를 끊었다. 여행이 취소된 게 좋은 일인지 아닌지 잘 판단할 수 없었다. 나는 아내가 없는 일상을 위해 온갖 별 볼 일 없는 계획을 세웠던 것이다.

피식, 웃음이 새어 나왔다. 잘은 모르지만 그래도 다행이었다. 어쨌든 아내가 영영 나를 떠날지 모른다는 불안은 사라지고 없었다. 결국 아내가 마르코보단 나를 선택한 거란 생각도 들었다. 창밖에 첫눈이 내리고 있었다.

설렘에 취해 집에 도착했다. 마음이 한껏 부풀어 있었다. 취소된 여행으로 아내가 실망을 느낄까 잠시 걱정이 됐지만 그런 건 금방 잊혀졌다.

나를 먼저 맞은 건 욕실에서 들려오는 아내의 노랫소리였다. 느리고도 나직한, 자장가 같은 노래가 내 마음을 조심스레 어루만졌다.

......

그저 눈물일 뿐이잖아요

그저 웃음일 뿐이잖아요

 욕조에 몸을 담근 아내가 아이처럼 찰랑찰랑 물소리를 내는 게 들렸다. 식탁엔 아이스크림 봉지가 수북이 쌓여 있었다. 끼니 대신 온종일 아이스크림을 먹은 모양이었다. 욕조에서도 아이스크림을 물고 있는지 몰랐다.

 나는 재킷을 벗어 던지고 소파에 몸을 눕혔다. 약 때문에 곤죽이 된 몸이었다. 이쯤에서 모든 걸 잊고 쉬고 싶었다. 지나치게 긴장한 상태로 보낸 한 주였다. 이제 뭐가 어떻게 되든 다 상관없다는 생각이 들었다. 그간 이런저런 일이 있었고 병원 운영에 적잖은 타격을 입었지만 나는 아직 젊고 이 정도 침체는 얼마든지 극복할 수 있었다.

 그런 생각에 젖어 천정을 보고 있자 금세 모든 게 괜찮아졌다는 낙관에 빠졌다.

 그의 웃음 뒤에는……

천천히 잦아드는 아내의 노래가 귓가를 간지럽혔다. 마치 온몸에 애정 어린 애무를 받듯 점점 기분이 좋아졌다.

나는 욕조에 담긴 아내를 상상했다. 날씬한 손발, 하얀 어깨를 덮은 머리. 살포시 나온 배. 욕실에는 시트로 향의 샤워크림 냄새가 날 것이다. 오래된 일이지만 나는 아직도 아내의 몸 구석구석을 또렷이 기억하고 있다.

나는 소파에 늘어진 채 아내의 모습을 머릿속으로 계속 되새겼다. 나른함 속에 가슴이 부풀었다. 기분 좋게 가슴이 뛰었다. 이제 다시 일상이 흐를 것이고, 아내와 나는 예전처럼 많은 걸 함께 할 것이다. 더이상 약도 필요 없을 것이다. 이런 기분은 약 따위로 얻을 수 있는 게 아니었다. 그런 생각이 들자 번뜩 해야 할 일이 생겼다.

나는 자리에서 일어났다.

제일 먼저 뒤진 곳은 장식장이었다. 나는 장식장 문을 열고 찻잔을 들어보았다. 근데, 예상과 달리 찻잔은 텅 비어 있었다. 뭔가 잘못된 게 분명했다. 이번엔 냉장고로 다가가 위로 손을 뻗었다. 거기엔 먼지뿐, 아무것도 없었다.

나는 다급히 침실로 달려가 매트리스 아래로 손을 뻗었다. 결국 쓰러지듯 침대에 주저앉았다. 뭐가 어디부터 잘못되었는지 몰랐다. 확실한 건 약이 모두 사라졌다는 것이다. 나는 몸을 웅크린 채 손으로 머리를 쥐었다. 욕실에선 더 이상 노래가 흘러나오지 않았다. 돌연 끔찍한 기분이 내 안에 퍼졌다. 나는 천천히 자리에서 일어났다. 그리고 욕실로 다가갔다.

똑똑.

문을 두드렸지만 안에선 아무 소리도 들려오지 않았다. 머릿속이 하얘졌다. 나는 거칠게 문을 열어젖혔다. 그러자 거기엔 새까만 절망이, 침착히 나를 기다리고 있었다.

가엾게도 어머니는 톰을 사랑하지 않았다.

어머니는 그 어떤 남자도 사랑하지 않았다. 그러니까 나는 그렇게 생각했다. 어머니가 우리를 떠났을 때, 나는 톰의 옆에서 그의 비통함을 모두 지켜봤다. 그는 괴로워했다. 하지만 어머니가 느꼈을 슬픔을 지켜볼 기회는 없었다. 어째선지 내 기억 속 엄마는 늘 웃고 있었다. 엄마의 웃음 섞인 말투가 언제나 내겐 생생했다.

그렇게 웃기만 하던 엄마가 갑자기 톰과 나를 떠나버리고, 다시는 우리를 찾지 않았다. 어머니도 조금쯤 슬펐을까. 이제 와 나는 가끔 생각한다. 예전엔 그것이 내가 알 수 없는 영역이란 걸 몰랐다. 그래서 마음 한 곳엔 언제나 원망 같은 게 자리하고 있었다. 하지만 엄마는 꽤 오랜 시간 톰과 함께였다. 사랑하지 않는 사람과 긴 시간을 함께하는 건 쉬운 일이 아니란 걸, 나는 어른이 되고 한참이 지나 깨달았다. 그리고 시간이 많이 흐른 지금, 나는 어머니도 톰을 사랑했던 건 아닐까, 생각할 때가 있다.

그리고 햇빛

뉴스에서 멘토정신과와 나에 대한 기사를 보도했다.

'우울증을 앓는 정신과 의사'나 '정신과 의사의 자살시도' 같은 헤드라인은 사람들의 시선을 끌기에 충분한 모양이었다. 마치 기다렸다는 듯 어디선가 사람들의 환호성이 들리는 것 같았다. 변조된 송 간호사의 목소리가 티브이에서 반복해 흘러나왔다.

"우리 선생님은 그런 분 아니에요. 얼마나 건전하신데요. 뭔가 착오가 있었던 거예요."

본의 아니게 송 간호사는 기분장애 환자 모두를 건전치 못한 사람들로 만들어버렸다. 불쌍한 송 간호사. 헛걸음한 기자들은 그녀를 잡고 놔주지 않았을 것이다.

"진료 도중 이상해 보이실 때가 있었어요. 마치 진료실 안에 딴 사람이 있는 것처럼요."

환자들의 인터뷰도 있었다. 하지만 대체 뭐가 어떻게 됐다는 건지, 잘 이해할 수 없었다. 티브이에 나오는 멘토 정신과 원장이 나라니. 생경하고 이상한 기분이 들었다.

나는 그저 조용하기만 한 내 주위를 둘러보고, 뭔가 단단히 잘못됐다고 생각했다. 아무래도 이런 건 아내와 얘기해봐야 할 일이다. 하지만 지금 아내는 눈을 감고 내 앞에 가만히 누워 있었다. 어쩐지 아내와 어울리는 하얀 병실에서. 벌써 삼 일째, 아내는 얌전한 아기처럼 잠들어 있었다. 그저 아내를 지켜볼 뿐, 내가 할 수 있는 건 없었다. 하지만 아내가 눈을 뜨면 내가 얼마나 놀랐는지, 이 모든 상황을 겪으며 얼마나 무서웠는지 자세히 말해줄 것이다. 그 전까지 나는 기다려야 한다. 그래서 나는 분해하다, 쓸쓸해 하다, 다시 절망했다. 그 절망의 크기는 내가 이제껏 가늠한 적 없는 것이었다. 그리고 절망은 죄책감에 의해 몸집을 불려갔다.

하지만 점차 믿기지 않는 일이 일어났다.

이 무감한 절망의 한 가운데 느닷없는 평화가 찾아오기 시작한 것이다. 그건 처음엔 도저히 견딜 수 없는 괴로움에서 생겨난 감각의 상실처럼 느껴졌다. 하지만 다시 보면 그 안엔 분명 어떤 믿음이 있었다. 무슨 일이 있든, 아내와 내가 함께일 수밖에 없다는 믿음. 이러한 생각은 시간이 갈수록 점점 더 확고해져 갔다. 정확히 알 수 없는 이유로—그 언젠가 아내가 말했던 것처럼—이제 나는 아내와 나의 관계가 어떤 경계를 넘어, 결코 끊을 수 없는 끈으로 이어져 있다고 완전히 믿을 수 있었다. 그것이 어떤 차원의 얘기든, 아내와 나는 내가 이해하는 것 이상으로 훨씬 많은 부분 서로 포개져 있었던 것이다. 어째서 이 제껏 그걸 모르고 있었는지, 이해가 가지 않았다.

사실 나는 불안하지 않았고, 두렵지도 않았다. 지금 나는 그 어느 때보다 아내를 가까이 느끼는 중이었다. 그리고 한 번씩, 내 삶이 이대로 온전하다고 느꼈다. 온종일 아내 곁을 지키는 하루하루, 아내를 돌보는 이 일상에 나는 애착을 느꼈다. 아내의 존재 자체가 구원처럼 느껴졌다. 그걸 아는지 모르는지, 아내는 유순한 얼굴로 내 앞에 고요히 잠들어 있었다.

그렇게 하루를 보내고 밤이 되면 나는 보호자용 침상에 누워 잠이 들었다. 잠이 들어 있으면 가끔 누군가 내 얼굴을 바라보는 게 느껴졌는데 나는 그 익숙한 시선이 아내의 일부라 믿어 의심치 않았다.

사실 나는 매일 밤 아이처럼 많은 꿈을 꾸었다. 아침이 되면 대부분 내용이 기억나지 않았지만, 꿈속에서 많은 일이 있었다는 느낌은 또렷이 남았다. 그래서 나는 아내도 꿈을 꾸고 있을 거라 생각했다.

나는 아내가 좋은 꿈을 꾸길 바라며 송 간호사가 사다 준 초콜릿의 싸개지로 조가비 모양과 눈꽃 모양을 접기 시작했다. 결혼 전 아내는 종종 기적처럼 눈이 내리던 그리스의 해변을 얘기하며 껌 종이를 접어 내게 건넸다. 겨우 몇 번 따라 했던 것이, 신기하게 아직도 기억에 남아 있었던 것이다. 나는 신나게 종이를 접던 아내의 얼굴을 떠올리며 싸개지를 접었다. 그리고 그걸 유리병에 담았다.

언젠가 그녀에게 오래된 것에 집착하는 이유를 물은 적이 있다. 결혼한 지 일 년이 채 안 되었을 때. 우리는 오래된 집을 개조해 이층을 정원으로 꾸민 한 카페에 앉아 있었다. 우리의 머리 위로 커다란 나뭇가지가 드리워져 있어, 아내 얼굴의 일부는 그늘이 지고, 일부는 햇빛을 받고 있었다. 그녀는 질문이 이상하다는 듯 나를 쳐다봤다. 그리고 툭, 하니 말했다.

"언제 사라질지 모르니까."

너무 당연하게 말해 순간 나는 내가 바보 같다고 느꼈다. 나는 아무 말도 할 수 없었다. 그녀는 내 얼굴을 보곤 잠시 갑갑한 표정을 지었다.

"그런 오래된 것만이 알려주는 게 있잖아. 아주 친근한

무늬의 아름다움이라던가, 좀 불편하지만 오래된 기구를 사용하면서 생각하게 되는 지혜 같은 거. 오랫동안 있었다고 계속 그 자리에 있으란 법은 없어. 운이 좋으면 남겠지만, 결국엔 사라질 거고, 똑같은 걸 다시 만들어 내기는 어려워. 이미 끝난 일이야. 찰나 같은 거라구."

어설프지만 자기 생각을 또박또박 말하려 애쓰는 아내의 입을 보며, 그녀가 바로 그런 것이라 생각했다. 다시 만들거나 구하기 어려운, 곧 끝나버릴 찰나 같은 것이라고.

"사랑해."

나는 그렇게 말했다. 그 순간 꼭 해야 할 말이었다. 아내는 멍하니 내 얼굴을 보더니 곧 얼굴을 붉히다 더 이상 못 견디겠다는 듯 와락 나를 안았다.

도무지 잊을 수 없는 기억 중 하나다.

병실 창밖은 간간이 눈으로 뿌옇게 변했다. 태양은 그 빛을 잃어 창백하기 짝이 없었다. 옅은 햇빛이 아내의 얼굴에 간간이 닿았다.

"한국의 겨울은 너무 추워. 몸이 쩍쩍 갈라질 거 같다니깐."

아내는 겨울마다 늘 같은 어조로, 얼굴을 한껏 찡그리며 말했다. 나는 아내에 대한 이런저런 기억을 떠올리다, 어느 날 문득 그리스에 대한 책을 읽어야겠단 생각을 했다. 그래서 인터넷으로 여행 책자와 함께 그리스 문화를 소개하는 책을 몇 권 주문했다. 책이 도착하자 나는 많은 시간을 책을 읽는 데 보냈다. 그리고 점차 그리스란 나라에 빠져들었다.

책 속에서 나는 아직도 생생히 살아 있는 신화, 감미로운 태양, 아름다운 무덤을 보았다. 나는 그리스인의 사고방식과 문화를 하나하나 알아가는 데 묘한 즐거움을 느꼈는데, 무엇보다 그들의 단순함이 내 마음을 사로잡았다. 번거로운 욕심을 모르는 이들에게 주어진 게으름은 일종의 특권 같은 것이었다. 그것은 얄팍한 편의나 사치와는 다른 차원의 것이었고 그보단 그 자체로 지혜, 배려였다. 그런 삶에선 게을러도 충분히 괜찮았다.

나는 애써 가다듬은 긴장을 모르는 그들의 얼굴을 떠올렸다. 그리고 축복처럼 주어진 해변과 바다. 그러니까 그리스는 내가 아는 '천국'과 가장 닮은 곳이었다. 나는 며칠 사이 아내의 그리스에 대한 열광을 완전히 이해하게 되었다. 그와 함께 내가 이제껏 얼마나 아내를 모르고 있었는지 깨달았다.

"준…… 준……."

나의 뒤늦은 연락을 받고 찾아온 마르크는 아내 옆에서 한없이 눈물을 흘렸다. 어린애처럼 왕왕 우는 마르크의 모습을 병동의 모든 간호사가 한 번씩 안타까운 눈으로 지켜보다 갔다. 그는 마치 어미 잃은 아기 새 같았다. 그렇게 아름다운 청년의 구슬픈 소리는 내 마음도 아프게 했다. 물론 나는 그가 나와 같은 죄책감을 느끼고 있다는 데 약간의 위안을 얻고 있었다. 하지만 마르크를 보며 나는 우리의 슬픔이 본능적으로 다르다는 걸 이해했다. 그래서 나는 더 이상 그와 아내를 우리와 비교할 필요가 없게 되었다.

아내의 의식은 보름이 지나도 돌아오지 않았다. 나는 절망이 더 이상 내게 검은 손을 내밀지 않게 이런저런 일에 신경을 쏟았다. 먼저, 아내가 일어나면 언제든 떠날 수 있게 아테네행 오픈티켓을 한 장 끊었다. 이건 아내에 대한 나의 최소한의 믿음, 온전한 이해의 증표였다. 그 외에도 아내의 전시를 위해 적당한 갤러리를 알아보고, 따뜻한 겨울을 위해 제주에 집을 살 수 있는지 예산을 맞추어 보기도 했다. 물론 나의 이런 노력에도 불구하고 시간은 아주 천천히 흘렀다.

늦은 오후, 송 간호사가 한라봉 한 봉지를 사서 병실에 왔을 때 나는 조심스레 아내의 머리를 빗질하고 있었다.

"어머, 자상도 하셔!"

송 간호사 특유의 요란스런 출현에 병실 사람들의 시선이 일제히 우리를 향했다.

"뭐하러 또 오셨어요. 오랜만에 휴가라도 다녀오지 않으시구요."

"원장님이 이러고 있는데 제가 어떻게 휴가를 가요."

나는 멘토정신과의 휴업이 장기화될지 모른다는 사실을 어떻게 전해야 할지 몰랐다. 나는 송 간호사의 시선을 피하며 마실 걸 꺼내기 위해 수납장 문을 열었다. 주스를 꺼내 문을 닫으려는데 갑자기 송 간호사가 손뼉을 쳤다.

"아, 참!"

병실 사람들의 시선이 다시 벼락처럼 우리에게 와 꽂혔다.

"내 정신 좀 봐. 그 얘기를 한다는 게 또 깜빡할 뻔했네."

송 간호사의 목소리가 더 커졌기에 이제 나는 완전히 바늘방석에 앉은 기분이 되었다.

"그 환자 말이에요, 그 왜, 한동안 병원에 안 나오던 환자요. 김……선균 환자."

"김상균 환자…… 말이죠?"

"맞다, 맞다. 김상균 환자!"

무안해진 송 간호사가 까르르 웃음을 터뜨렸다.

"글쎄, 어제 약국 갔다 들었는데, 그 환자가 글쎄 암이래요, 암."

"암이요?"

나는 몸에 비수가 꽂힌 듯 커다랗게 눈을 떴다.

"좀 됐나 봐요. 이런저런 보조식품 산다고 약국에 자주 왔대요."

가급적 무심한 표정을 지으려 노력했지만 쉽지 않았다.

"내가 그 사람 볼 때마다 어디가 고장 났구나 싶었다니깐. 얼굴이 누렇게 뜬 게. 유난히 눈이 퀭 하지 않았어요?"

나는 나의 환자 중 눈빛이 또렷한 환자가 있었는지 생각하려다 그만두었다. 머릿속에 안개가 낀 것 같았다.

마스크를 쓰고 나를 내려다보던 김상균 환자의 얼굴을 떠올려 보았다. 그가 불행한 얼굴이었던가. 잘 모르겠다. 그저 무표정할 거라 생각했다.

이제 나는 몸에 좋은 약을 찾아 고군분투하는 김상균

211

그리고 햇빛

환자의 모습을 머릿속에 그려보았다. 얼마 전까지 내게 죽음의 충동을 토로하던 그가 지금은 살기 위해 암 덩어리와 싸우고 있는 것이다. 나는 이제 어떤 표정을 지어야 할지 전혀 가늠이 되지 않았다.

그날 이후 나는 매일 삼 일간 같은 꿈을 꿨다. 꿈속에서 나는 아내와 함께였다. 햇빛 아래 아내의 얼굴이 눈부시게 아름다웠다. 우리는 함께 걸었다. 손을 잡은 채, 해변을 걸었고, 숲을 걸었으며, 번화한 거리를 걸었다. 그리고 다시 해변이었다. 꿈속에서 우리는 진짜 부부 같단 생각이 들었다. 마치 지금까진 그렇지 않았던 것처럼. 이렇게 손을 잡고 걸으면 그 무엇도 괜찮지 않을 이유가 없었다.

언제부터인지 몰랐다. 대체 언제부터 함께여도 우리는 괜찮지 않았던 건지. 언제부터 낯선 생각들이 우리를 괴롭히고, 언제부터 우리 사이에 끔찍한 경계가 생긴 것인지.

꿈속에서 나는 아내에게 끊임없이 뭔가를 말했고 아내는 내 얘기에 귀를 기울였다. 아내는 많이 웃었다. 나는 매번 기쁘다 슬퍼졌다. 이상한 꿈이었다. 마지막에 아내는 사실 자신은 사람이 아니라고 했다. 단지 병에 걸린 아버지를 위해 약을 구하러 육지로 온 것이고 이제 약을 구했기 때문에 다시 바다로 돌아가야 한다고 했다. 그 약이란 내 입안에서 뽑은 이빨 두 개였다.

나는 아내가 미끄러운 비늘로 뒤덮인 인어로 변하는 모습을 멍하니 지켜봤다. 아내는 내게 안타까운 키스를 하곤 자신의 몸에서 비늘 한 조각을 떼어 나에게 건넸다. 내 손바닥에 놓인 비늘이 오색으로 화려하게 빛났다. 이윽고 아내는 바다로 헤엄쳐 유유히 사라졌다.

그렇게 삼 일째 같은 꿈을 꾸고 난 아침, 눈을 떴을 때 아내는 병상에 없었다. 입원 당시 입고 있던 옷도 보이지 않았고 아테네행 티켓도 사라졌다. 밤새 아내를 봤다는 사람은 없었다. 의사와 간호사들은 서로 우왕좌왕했다.

나는 놀라지 않았다. 아내는 그저 새장 밖으로 날아오르듯 그렇게 사라진 것이다. 어스름 속에서 조용히 일어나, 옷을 입고 병원을 나서는 아내의 모습이 눈앞에 선했다. 병원에선 아내의 상태를 염려했지만 나는 걱정하지 않았다. 아내를 찾을 생각도 하지 않았다. 오후가 되기 전 나는 병원비를 정산하고 병원을 나섰다.

나의 발길이 향한 건 아내의 가게였다.

가게 입구에 놓인 장의자 위엔 소소한 선물들이 쌓여 있었다. 여행 기념품이나 초콜릿, 시집 같은 것들이었다. 병원에서 근무하던 시절에도 아내는 자주 환자들에게 선물을 받곤 했다. 환자들은 아내가 자신에게 쏟는 관심과 애정을 잘 알았다. 그래서 아내가 일을 그만두었을 때, 패닉 상태에 빠진 환자들이 그녀를 찾자 한동안 아내는 괴로워했다. 나는 이제는 단골이 되었을 가게 손님들을 생각했다. 은연중 아내의 가게를 사랑하게 된 사람들. 그들은 하루빨리 아내가 돌아와 그들의 밤을 밝혀주길 기다리고 있을 것이다.

나는 문 앞에 놓인 낡은 깔판을 슬쩍 들어보았다. 아내는 언제나 거기에 열쇠를 두었다. 나는 열쇠 구멍에 열쇠를 넣고 천천히 돌렸다. 문은 쉽게 열렸다. 내부에 고인 오래된 공기가 쏟아지듯 나를 맞았다. 나는 조명을 켜지 않고 주위를 훑었다. 아내는 가게로 오지 않았다. 어차피 뭔가를 기대하고 온 건 아니었다.

나는 아내가 앉던 의자에 앉아보았다. 오크 향이 나는 의자는 생각보다 훨씬 편했다. 테이블엔 아내가 공부하던 그리스어 문고본이 그대로 놓여 있었다. 하얗던 표지가 노르스름해지고, 각 모서리가 부드럽게 닳은, 두껍지도 얇지도 않은 책. 책을 펼치니 낯선 글자들이 사랑의 암호처럼 연이어 찍혀 있었다. 마치 일부러 해석할 수 없게 흐트러뜨린 기호처럼 보였다. 하지만 아름답다고 생각했다. 나는 다시 주위를 천천히 둘러보았다. 창으로 쏟아지는 햇빛 때문에 가게의 절반가량이 밝았는데, 공중에 먼지가 춤추듯 떠 있었다. 나는 아주 느린 속도로 시선을 옮겼다. 가게 안의 가구며 벽에 걸린 그림, 오래된 괘종, 그리고 책장의 책들. 이러고 있으니 어느새 은밀하고 애틋한 기분이 들었다.

나는 마치 가게 주인이 된 기분에 젖어 편하게 몸을 뒤로 쭉 제쳤다. 다시 자세를 바로 했을 때, 내 앞에 소년이 있었다. 소년은 고개를 숙인 채 가만히 자신의 발치를 내려다보고 있었다. 그새 키가 자란 것인지 어딘지 어른스러워 보였다.

"아버지는?"

소년이 고개를 들고 나를 봤다. 섬약하지만 총기 어린 눈.

"많이 좋아지셨어요."

소년의 낯빛이 밝았다. 자기 나이에 훨씬 걸맞는 얼굴이었다.

"그래서 함께 떠나기로 했어요. 아버지 고향으로요."

"그래?"

소년은 마치 자신의 고향으로 돌아가는 것처럼 들떠 보였다.

"잘 됐구나."

눈물이 솟구칠 것 같아 손바닥으로 얼굴을 문질렀다. 뭔가 묻고 싶었는데 무슨 말을 해야 할지 몰랐다.

"편지할게요."

"그래."

소년이 몇 걸음 내게 다가왔다. 그리고 전에 없이 내 얼굴을 물끄러미 바라봤다. 소년의 눈망울에 내 모습이 그대로 비치고 있었다. 그 동심 어린 눈에 염려가, 그리고 안도가 있었다. 나는 처음으로 소년이 내 곁에 머문 진짜 이유를 이해하고 있었다. 이제 나는 미안했다.

소년은 천천히 뒷걸음쳤다. 그는 창에 쏟아지는 햇빛을 등지고 있었다. 내 안에 잔잔한 슬픔이 일었다. 그렇게 몇 걸음. 그리고 어느 순간 번뜩, 빛이 소년을 덮쳤다. 그리고 그걸로 끝이었다. 소년은 없었다.

나는 잠시 멍한 얼굴로 소년도, 아내도 없는 가게를 둘러봤다. 부드러운 빛이 들어찬 가게는 다정했다. 눈앞에 빛이 감미롭게 일렁였다. 아내의 그림에서 보던 그 빛이었다. 그러니까 이곳이라고, 나는 생각했다. 여기가 끝이고, 시작이었다. 그리고 나는 난생처음 구체적인 나의 미래를 생각했다.

작가의 말

죽음에 대한 생각이 떠오르는 순간순간 나는 통증을 무시하듯, 자주 딴청을 피워왔다. 그럼에도 내 안에 호기심은 점점 자라났고, 사람들은 대체 어떤 식으로 딴청을 피우는지 나도 모르게 주의를 기울이게 된 것 같다.

나에게 죽음은 하나의 꿈이었던 때가 있다. 그 완전함, 무결함에 대한 욕망은 때로 너무 커져 나를 아찔한 충동으로 이끌려던 때가 있었다. 때문에 나는 내가 아직 살아 있다는 것에 가끔씩 어리둥절함을 느낀다. 그 많은 밤, 그 고난했던 순간들을 지나 아직 삶 위에 서 있다는 것에 나는 뭐라 말할 수 없는 경이를 느낀다.

지난겨울, 불현듯 깬 새벽에 10년 전 써둔 원고가 떠올랐다. 다시 작업을 시작했고, 그 원고가 이렇게 세상에 책이 되어 나왔다. 덕분에 나는 새로이 깨닫는다. 어쩌면 내가 진짜로 꿈꾼 건 다른 것이었는지 모른다고.

소통.

세상과 이어져 있다는 확신.

아직 누군가와 뭔가를 나눌 수 있다는 가능성.

사실 내가 정말로 원한 건 그런 것이었는지 모른다. 그리고 결국 글을 쓴다면 어떻게든 앞으로 나아갈 수 있다는 걸 배우고 있던 건지도 모른다. 내가 쓰고 싶었던 것도 그렇다. 아직 경험하지 않은 기적과 채 깨우치지 못한 삶의 가치. 어렴풋이나마 이런 것들을 그려보고 싶은 마음이 고집스럽게 원고를 붙들고 있게 했던 것 같다

때문에 감사를 느낀다.

내가 어떻게든 한발 한발을 내딛을 수 있게 준비된 믿을 수 없는 행운에 대해. 순간순간 마법처럼 내게 불어온 생의 입김에 대해.

부족한 글을 믿어주신 이경재 대표님과 센스쟁이 얼앤똘비악, 그리고 세심히 작업해 주신 이수미 실장님께 감

사를 드린다. 그리고 늘 내 곁을 지켜준 하느님과 가족들에게 사랑한다고 말하고 싶다.

다음에는 조금 밝은 글을 써보고 싶다.

2021년 11월

윤지이